리버보이

리버보이

팀 보울러 장편소설

정해영 옮김

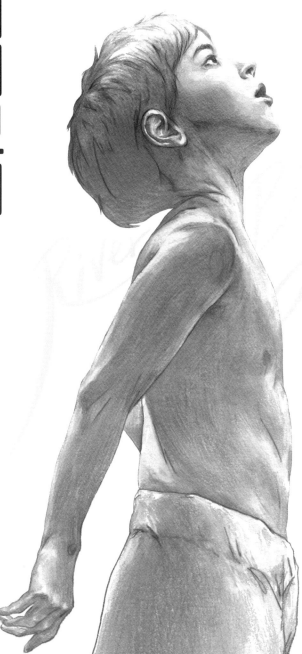

다산
책방

세상에 던지는 깊고 긴 호흡의 지혜

안광복(서울 중동고등학교 철학교사, 『열일곱 살의 인생론』 저자)

10여 년 만에 『리버보이』를 다시 읽었다. 내용을 알고 있었음에도 여전히 깊은 깨달음과 먹먹한 감동을 느낄 수 있었다. 세월이 흘러도 읽을 가치가 있고 또다시 보고 싶은 작품이라면, 나아가 여전히 많은 사람이 찾는 작품이라면 『리버보이』는 이제 우리 시대의 고전으로 자리 잡았음이 분명하리라.

책이 풀어내는 이야기는 잔잔하다. 죽음을 앞둔 화가인 할아버지가 마지막 그림을 그리기 위해 자기 고향을 찾는다. 그림 제목은 '강의 소년', 즉 '리버보이river boy'다. 하지만 정작 그림에는 소년이 보이지 않는다. 나날이 약해지는 몸, 할아버지에게는 이제 남은 시간이 별로 없다. 열다섯 살 손녀 제스는 사랑하는 할아버지의 죽어가는 모습이 버겁다. 그러던 중 할아버지 고향의 강가에서 신비로운 존재, 리버보이와 마주친다. 할아버지의 운명과 리버보이의 도전이 얽히며 그림도, 할아버지의 삶도 완성을 향해 나아간다. 리버보이는 제스에게 이렇게 속삭인다.

"강은 여기에서 태어나 자신에게 주어진 거리만큼 흘러가지. 때로는 빠르게 때로는 느리게, 때로는 곧게 때로는 구불구불 돌아서, 때로는 조용하게 때로는 격렬하게, 바다에 닿을 때까지 계속해서 흐르는 거야. (중략) 강물은 알고 있어. 흘러가는 도중에 무슨 일이 생기든, 무엇을 만나든 결국엔 아름다운 바다에 닿을 것임을. 결말은 늘 아름답다는 것만 기억하면 돼."

'세줄 요약'과 짧은 영상이 넘치는 세상이다. 사람들은 점점 정신적 근시가 되어 가고, 쉽사리 무력감과 분노에 휩싸이곤 한다. 이런 우리에게 인생을 깊고 길게 바라보게 하는 리버보이의 메시지는 절실하다. 십수 년 만에 새롭게 나오는『리버보이』가 세상에 다시금 깊은 지혜를 안겼으면 좋겠다.

천천히 깊게 읽는 재미를 느끼게 해줄 마중물

이은경(자녀교육 전문가, 〈슬기로운 초등생활〉 대표)

대다수의 어린이들이 짧고 빠른 영상 콘텐츠에 정신을 빼앗기고 있다. 흥미 위주의 만화책이 아니면 혼자 책 읽기를 두려워하고 지루해한다. 초등 중·고학년이 되면서는 부쩍 늘어난 학원 숙제 압박에 서서히 책과 멀어지고 마는 게 현실이기도 하다. 그 결과 학습의 기초 체력인 문해력을 탄탄히 쌓지 못한 중학생이 되고, 책 속 주인공이 되어 볼 수 있는 성장기만의 특별한 경험을 누리지 못한 성인이 된다.

뒤처질세라 불안한 마음에 아이의 공부량을 늘리려 노력하는 부모는 많지만 이제 막 십 대에 들어선 자녀가 학습과 정서의 균형 잡힌 성장을 이루고 있는지 살피는 부모는 드물다. 안타까운 모습이다. 이 시대의 어른에게는 천천히 깊게 읽을 만한 이야기의 즐거움을 경험하고 발견할 수 있도록 인내심 있게 아이를 이끌어 주는 역할이 요구된다.

출간 후 17년간 꾸준히 청소년 분야 베스트셀러 자리를 지켜온 『리버보이』는 잔잔한 전개와 아름다운 풍경 묘사, 섬세한 감정선이 돋보이는 성장소설이다. 짧고 빠른 콘텐츠에 익숙한 아이들에게 길고 담백한 소설의 재미를 느끼게 해줄 마중물 같은 존재가 될 것이다.

또 언젠가는 생애 첫 이별을 겪게 될 아이들에게 그 아픔을 극복하는 방법을 미리 알려줄 수 있을 것이라 기대한다. 읽는 즐거움과 마음의 성장을 모두 경험하게 해줄 『리버보이』를 적극 추천한다.

영혼을 충만하게 만드는 가장 아름다운 이야기

김시아(강원 북원여자고등학교 학생)

『리버보이』를 읽는 건 파란 하늘, 찬란한 햇빛 아래에서 하는 수영과 같다. 숨을 깊이 마시고 천천히 내쉬며 물살을 가로지르듯 책장을 넘긴다. 그 순간에는 글의 흐름에 온몸을 맡겨야 한다. 그러다 보면 어느 순간 호흡과 동작이 규칙적으로 이루어지고 주위는 조용해진다. 숨이 더 이상 쉬어지지 않을 때까지, 그 너머를 향해, 계속 나아가게 된다.

초등학교 2학년 때 도서관에서 『리버보이』를 처음 접했다. 글만 있는 책이라 조금 읽다가 덮고 말았다. 5년 후, 중학교에 들어가며 선물로 받은 『리버보이』를 읽었는데 눈물을 흘렸다. 제스의 시선과 행동은 내 것이 되었고 책 속 장면은 내 기억이 되었다. 그리고 다시 5년 후, 고등학교 생활을 마치면서 또 한

번『리버보이』속으로 빠져들었다. 또다시 글은 이미지가 되고 책 속 숲과 강의 물줄기가 내 호흡이 되는 경험을 했다. 이렇듯『리버보이』는 오랫동안 꺼내보지 않아 뿌옇게 흐려졌거나 아예 경험하지 못한 신비한 기억들을 느끼게 해준다.

가슴 한편에 가지고 있는 어떤 장면이 그 사람의 영혼을 만든다고 생각한다.『리버보이』는 우리의 영혼을 충만하게 만들기에 완벽한 책이다. 이야기의 배경인 브레머스 외곽은 실제로 존재하지 않는 고요한 숲일 것이라 생각한다. 어쩌면 지구상에 그런 곳이 존재하더라도 그곳을 경험할 수 있는 사람은 극소수일 것이다.『리버보이』는 우리에게 아름다운 세상과 진실한 사랑을 보여준다. 그곳의 역동적이면서 잔잔한 장면들은 독자의 영혼이 되기에 충분하다.

『리버보이』를 읽다 보면 숨이 가빠진다. 책 읽는 동안 우리는 수영하고 있기 때문이다. 천천히 깊은 물 속을 헤엄치는 것처럼『리버보이』는 찬란한 정적을 선사한다. 이야기 말미에 다다르면 무언가가 마음속에 차오른다. 그 감정의 이름은 슬픔이나 감동 같은 게 아니다. 나는 이 감정의 이름을 '흐름'이라 부르기로 했다.『리버보이』를 읽는 모든 독자가 그 흐름을 느끼기를 바란다.

강이 바다를 만나 자유로워지는 모습을 묘사한 작가의 시선이 경이롭다. 그 모습이 인간의 삶과 죽음의 긴 과정을 닮아 더욱 감동적이다. 할아버지의 마지막 여정을 지켜보는 열다섯 살 손녀 제스의 깊은 애정과 용기는 오히려 독자들을 위로한다. 『리버보이』를 읽은 우리 아이들도 슬픔을 딛고 바다로 나아가는 제스의 용기를 닮게 되리라 믿는다.

_강영아(제주 오현고등학교 교사, 『아무튼 냉고』 저자)

제스를 따라 강의 끝이자 바다의 시작점을 향해 힘껏 헤엄쳐 가는 동안 할아버지가 그토록 사랑한 손녀에게 전하고 싶었을 삶의 가르침은 무엇인지, 우리가 살아가며 만나게 될 난관을 어떻게 극복할 것인지를 생각해 볼 수 있다. 『리버보이』는 강물이 바다로 흘러가는 과정에서 겪는 모든 순간을 '삶'이라는 긴 여정 그 자체로 그려낸 소설이다.

_김민정(경남 웅상여자중학교 수석교사)

무겁고 자극적인 이야기가 넘쳐나는 시대다. 그렇기에 아름답게 묘사된 자연 풍경 안에서 가족의 사랑과 상실의 슬픔을 차분히 그려낸 '착한 이야기' 『리버보이』를 적극적으로 권장한다. 쉬운 문장과 편안한 구성으로 이루어져 있어서 예비 중학생도 무리 없이 읽을 수 있다. 의미 있는 독서 활동을 준비하는 선생님들께 『리버보이』를 자신 있게 추천한다.

_노진아(경기 양도중학교 사서교사)

'죽음'은 독서수업에서 좀처럼 다루기 어려운 주제다. 아이들이 이해하고 받아들이기에는 다소 어렵고 벅찬 탓이다. 그러나 『리버보이』는 이것이 어른들의 선입견임을 잘 보여준다. 제스는 사랑하는 할아버지의 죽음 앞에서 기꺼이 용기를 내 강에서 바다로 나아가기를 선택한다. 아이들은 슬픔을 딛고 성장해 나갈 수 있는 힘을 지니고 있다. 아이들과 함께 삶과 죽음을 대하는 태도에 관해 이야기하기 좋은 책이다.

_신정선(강원 정선초등학교 사서교사)

아이들이 삶의 의미에 대해 진지하게 생각해 볼 수 있도록 하는 이야기다. 소설에서 흐르는 시간은 내내 따뜻하고 흥미진진하면서도 환상적이다. 강에서 바다로 향하는 여정은 지금의 '나'가 어떤 모습이든 의미 있게 나아가고 있음을 깨닫게 한다.『리버보이』섬세하고 담담하게 묘사된 주인공 제스의 마음에 공감하며 한층 단단하고 성숙해지는 시간이 될 것이다.

_안지숙 (대전 노은초등학교 교사)

아름다운 은유, 깊이 있는 서사, 마음을 울리는 문장들! 이 매력적인 이야기는 과감하면서도 친절하게 독자의 마음을 이끈다. 슬픔을 딛고 한층 성장하는 주인공 제스의 여정을 따라가다 보면 우리 아이들도 위로와 치유를 선사하는 독서의 힘을 느낄 수 있게 될 것이다.

_채봉윤(전북 천서초등학교 교사,『뭔가 특별한 봉봉샘의 교실 책방』저자)

이 놀랍도록 아름다운 소설이 최후의 승자다. 청소년 문학이 가지는 장점을 모두 다 가지고 있다. 읽고 또 읽어도 언제나 가슴이 뭉클하며, 동시에 삶과 죽음에 대한 많은 생각을 하게 만든다.　　　　　　　　　　　_카네기 메달 선정위원단

열다섯 살 소녀가 할아버지의 죽음을 이해하고 받아들이는 장면을 통해 우리는 삶의 근원적인 변화에 대해 다시 한번 생각하게 된다. 사랑하는 사람이 더 이상 세상에 존재하지 않는다는 사실을 어떻게 받아들이고 극복하면 좋은지, 살면서 누구나 겪게 될 이별과 죽음을 어떤 식으로 이해하면 좋을지 깨닫게 된다.

_트리시아 킹즈(영국 청소년도서관 의회 회장)

정말 오랜만에 찾아온 맑고 투명한 소설! 청소년들은 꼭 읽어야 한다. 물론 그다음 해에도 또 그다음 해에도. 삶의 언제 어느 때라도 영원히 즐길 수 있다.

_〈이브닝 에코〉

모든 강물은 바다로 흐른다.
그래도 바다는 넘치지 않는다.

어딘가에서 흘러왔던 그 강물은 결국
다시 흘러왔던 곳으로 되돌아가는 법이니까

그날 제스는 리버보이River-boy를 알아보지 못했다.

그것은 당연한 일이었다.

사건은 그 소년과는 상관없이 시작됐다. 오히려 제스는 할아버지를 통해서, 좋아하는 수영을 통해서 자신에게 특별한 일이 일어나고 있음을 느꼈다. 그러나 제스는 훗날 그 사건을 곰곰이 되짚어 보면서 리버보이가 항상 자신의 일부분이었다는 것을 깨달았다. 가슴에 품은 절실한 꿈처럼 리버보이 역시 언제나 제스의 일부분이었던 것이다. 그것은 스스로도 부정할 수 없는 진실이었다. 그리고 그 꿈은, 리버보이는, 제스의 삶 자체이기도 했다.

오전 9시 30분. 수영장은 이미 사람들로 북적거렸다. 이것이 바로 여름 휴가철의 최대 단점이었다. 특히 이렇게 더운 날씨에는. 하지만 제스는 불평할 수 없었다. 6시 30분부터 9시까지 거의 두 시간 동안 아무런 방해도 받지 않고 몇 번씩이나 수영을 즐겼기 때문이다.

그렇다고 만족한 것은 아니었다. 떼로 몰려와서 철썩거리며 물속으로 뛰어드는 무리를 보고 있자니 그만 속이 답답해졌다. 꽥 하고 비명이라도 지르고 싶어졌다. 더 힘차게 물살을 가르고 싶은데, 아직 피곤하지 않은데⋯⋯. 제스는 온몸의 에너지를 다 써버릴 때까지 수영을 멈추고 싶지 않았다.

그래서 사방의 텀벙거림을 애써 무시하며 집요하게 물살을 가르고 앞으로 나아갔다. 동작을 멈추지 않고 옆길로 새지도 않고 고집스럽게 하나의 레인을 왔다 갔다 하다 보면 결국 다른 사람들도 그 공간을 인정하고 자리를 비켜주리라는 것을 제스는 잘 알고 있었다.

하지만 그날만큼은 예외였다. 자리를 비켜주기는커녕 수십 명의 사람들이 경쟁이라도 하듯 풍덩풍덩 물속으로 뛰어들었다. 견디기 힘들 정도였다.

제스는 일부러 동작에 집중했다. 물살을 가르며 아주 익숙하게 마치 시계 초침처럼 규칙적으로 호흡했다. 제스는 산소한 모금을 들이마시기 위해 분홍빛 입술을 하늘로 빠끔히 내밀었다가 다시 얼굴을 숙이면서 길고 고른 숨을 천천히 토해냈다. 그럴 때마다 물거품이 작은 물고기 떼처럼 제스의 입술을 간질였다.

재스는 그 리듬을 사랑했다. 제스에게 그 리듬은 공기와도 같았다. 숨쉬기 위하여, 살아 있기 위하여 꼭 필요한 어떤 것. 생각이 엉뚱한 곳으로 흘러갈 때면 제스는 어김없이 수영을 했다. 그러면 어느 순간 생각이 싹 정리되곤 했다. 가끔 일이 잘 풀려서 기분이 편안해지거나 뭔가 기분 좋게 생각할 게 있을 때는 그냥 생각이 흐르는 대로 내버려두기도 했지만, 지치거나 불안할 때 혹은 할아버지가 걱정될 때는 수영의 리듬에 집중해서 마음을 진정시켰다. 가끔은 수영을 하고 있지 않을 때도 그 리듬을 떠올리며 마음을 가라앉혔다.

물론 그런 경우는 극히 드물었다. 제스는 못 말리는 수영광이었으니까. 만약 수영을 하지 말라고 하면 제스는 끔찍한 혼란에 빠지고 말 터였다. 물살을 가르는 힘과 속도감을 좋아했고, 눈앞에 어른거리는 물거품의 반짝임, 누에고치 속 애벌레처럼 물속에 푹 파묻혔을 때 느껴지는 묘한 고립감을 사랑했다. 장거리 수영을 할 때는 기술 못지않게 의지도 중요한 법이다. 제스는 탁월한 기술과 굳은 의지 그 두 가지를 모두 지니고 있었다. 단지 커다란 도전이 필요할 뿐이었다. 의지를 다지고 스스로를 시험할 수 있는 무엇인가, 언젠가 스스로를 자랑스럽게 여길 수 있는 그 무엇인가가 필요했다.

할아버지가 소리쳤다.

"계속해라, 제스!"

제스는 조용히 미소 지었다. 입으로는 응원하고 있지만 할아버지는 이미 지루해진 것이다. 겨우 20분 기다렸을 뿐인데! 다른 사람은 몰라도 제스를 속일 순 없다. 사실 할아버지의 집중력과 참을성은 대단치 않았다. 할아버지의 그 능력은 오직 그림을 그릴 때만 발휘될 뿐이었다. 그래도 제스가 수영하는 모습은 꽤 즐겁게 지켜보는 편이었다.

레인 끝에 도착한 제스는 두 발로 벽을 차 몸의 방향을 틀었다. 그런 뒤 다시 할아버지를 찾았다. 할아버지는 물이 얕은 쪽 통로를 서성거리면서 제스보다 훨씬 어린 아이들을 지켜보고 있었다. 할아버지는 이미 돌아갈 준비를 끝낸 모습이었지만, 속도를 내면 제스는 가기 전에 몇 번 더 레인을 왕복할 수 있을 것 같았다. 제스는 할아버지가 그만 가자고 할까 봐 불안해하며 할아버지 쪽으로 다가갔다. 얕은 쪽에 모여 있던 아이들이 양쪽으로 비켜서면서 물길을 내줬다. 제스는 아이들 사이를 미끄러지듯 헤엄치며 어디서 발을 멈출지 생각했다.

그 모습을 보고 할아버지가 또 소리쳤다.

"계속해, 제스. 모든 게 좋아."

좋아, 그 말이 울려 퍼지자마자 제스는 다시 두 발로 벽을 차 몸을 돌린 후 머리를 물속에 집어넣었다. 그런데 갑자기 절박한 불안감이 온몸을 감쌌다. 뭔가 잘못됐다는 느낌. 하지만 정확히 그게 무엇인지는 알 수 없었다. 할아버지의 말이 머릿속을 맴돌았다. 모든 게 좋아, 모든 게 좋아. 할아버지의 고집스러운 성격을 떠올려봤을 때 방금 전 그 말은 제스에게 뭔가 숨기고 있다는 걸 뜻했다. 할아버지는 무척 완고하고 꼬장꼬장한 노인이라 늘 모든 게 괜찮다고 말하곤 했다.

특히 괜찮지 않을 경우에는 더욱 그랬다.

결국 제스는 동작을 멈췄다. 물속에서 일어나 두리번거리며 할아버지를 찾았다. 할아버지는 여전히 얕은 쪽에 서서 다른 아이들을 지켜보고 있었다. 괜찮아 보였다. 다만 좀 지루한 얼굴이었다. 어쩌면 조금 전에 느꼈던 불안감은 제스의 상상에 불과한 것인지도 모른다. 마침내 제스를 발견한 할아버지가 가볍게 손을 흔들었다.

그런데,

제스를 향해 흔들리던 손이 갑자기 가슴께를 움켜쥐는가 싶더니 할아버지의 두 발이 허공을 허우적거렸다. 동시에 할아버지의 몸은 손쓸 틈도 없이 물속으로 곤두박질쳤다. 수영장의 검은 물은 기다렸다는 듯 할아버지를 집어삼킨 채 소리 없이 출렁거렸다.

할아버지는 딱 3일 동안 병원에 있었다. 더 오래 휴식을 취해야 했지만 몸이 좋아지자마자 퇴원을 해야겠다며 택시를 불렀다. 의사와 간호사, 그리고 자기 차가 졸지에 장례식 차로 변할까 봐 두려운 택시 기사가 황당한 얼굴로 할아버지를 쳐다봤다. 할아버지는 그 얼굴에 대고 자신이 퇴원해야 하는 이유를 당당하게 설명했다.

"8월 20일에 가족 휴가를 갈 예정이었소. 오늘이 19일 아니오? 이제 집에 가서 짐을 꾸려야겠소."

그렇게 해서 할아버지는 집으로 돌아왔다.

그것은 실수였다. 적어도 제스가 생각하기에는 그랬다. 이제나저제나 할아버지가 돌아오길 기다렸지만 이번만큼은 할아버지의 고집이 틀렸다고 생각했다. 그럴 수밖에 없었다. 퇴원하던 날, 할아버지는 해골 같은 얼굴로 대문을 열었고 엄마아빠는 곧장 할아버지를 침대로 데려갔다. 휴가는커녕 몸을 움직이는 것조차 힘들어 보였다.

그러나 다음 날 아침, 가족들은 예정대로 짐을 꾸렸다. 할아버지의 고집이 대단했기 때문이다. 대신 아빠는 휴가를 떠나기 전에 펠프스 선생님을 부르겠다고 말했다. 펠프스 선생님은 제스가 좋아하는 의사 선생님이다. 그러나 그날 제스는 선생님이 도착하자마자 자기 방으로 휑하니 올라갔다. 결과가 뻔했기 때문이다. 의사 선생님이 뭐라 하든 할아버지는 하고 싶은 대로 할 것이다. 일단 할아버지가 마음먹으면 그걸로 끝이었다. 할아버지가 휴가를 떠나겠다고 결정한 이상 누구든 그 계획을 말리거나 바꿀 수 없었다. 사람 좋은 펠프스 선생님이라도 설득을 포기하고 결국 아예 신경을 끊을 것이다.

제스는 의자에 앉아 책상 선반 위의 메달들을 바라봤다. 수영 대회 메달들 사이로 열다섯 살 생일을 축하하는 카드들이 세워져 있었다. 그중 가장 눈에 띄는 것은 할아버지의 카드였다. 우스꽝스럽고 유쾌하고 큼지막한 카드. 이 순간에는 수영 메달도, 열다섯 살이 된다는 것도 별로 중요하지 않았다.

제스는 눈을 찡그린 채 창문 밖을 물끄러미 바라봤다. 거리는 이미 차와 버스와 택시들로 혼잡했다. 즐거운 여행길은 물 건너간 듯했다.

얼마 후 방문을 두드리는 소리가 났다.

"응, 엄마."

뒤도 돌아보지 않은 채 제스가 말했다. 엄마는 제스의 어깨에 부드럽게 손을 올려놓으며 말했다.

"노크 소리만 듣고도 아는 거니?"

"음, 아마 그럴걸."

제스는 엄마를 올려다보며 애써 미소 지었다.

"펠프스 선생님은 가셨어요?"

"그래."

"할아버지가 당장 쫓아내셨지?"

"쫓아냈다기보다는 뭐, 짐작한 대로였지만……."

"할아버지다웠단 말이지?"

엄마가 웃음을 터뜨렸다.

"그래, 할아버지답게."

"결국 휴가는 가는 거예요?"

"그래."

제스가 한숨을 쉬었다.

"할아버지는 병원에 가셔야 해요. 휴가 계획은 취소하고. 할아버지는 지금 아프시잖아."

"엄마도 알아. 하지만 최악의 결과는 생각하지 말자. 워낙 완고하셔서……. 어쩌면 오기로라도 빨리 회복하실지 모르잖니. '너희는 틀렸고 내가 맞았다'는 걸 보여주시기 위해서라도 말이야."

제스는 못마땅한 얼굴로 고개를 숙였다.

"그래도 할아버지는 병원에 계셔야 해."

"할아버지가 이미 마음을 정하셨잖아. 할아버지 성격 잘 알잖니. 사실 엄마 아빠도 불안해. 휴가지에서 또 쓰러지시면 큰일인데. 거긴 아주 외져서 병원으로 모시기도 쉽지 않을 거야. 하지만 이미 가기로 결정하셨으니 이 여행이 할아버지 건강에 좋은 영향을 끼치길 바랄 수밖에."

"그래도 휴식이 필요한데. 아주 충분한 휴식이."

"그럼 그렇게 말씀드려 보렴, 차 안에서. 아무튼 떠날 준비는 됐니?"

"응."

"좋아."

엄마는 불쑥 제스 쪽으로 몸을 숙이며 나지막한 음성으로 말했다.

"제스, 아빠를 응원해 줘. 알아서 잘하겠지만, 지금 이 일이 네게 힘든 만큼 아빠에겐 더 힘들다는 걸 기억하렴. 알았지? 아래층에서 보자."

엄마는 볼에 입맞춤한 후 밖으로 나갔다. 제스는 엄마가 말한 것을 곰곰이 생각해 보았다. 엄마 말이 맞다. 아빠는 할아버지의 하나뿐인 아들이니까. 두 사람이 종종 다투기는 했지만 어쩌면 지극히 자연스러운 일이었다. 그만큼 할아버지와 아빠의 성격은 무척 달랐다. 한 사람은 극성스러울 만큼 독립적이고 추진력이 강한 반면, 한 사람은 온순하고 야심도 없다.

제스는 다시 창밖으로 시선을 돌렸다. 차에 수납 상자를 단단히 고정시키고 있는 아빠의 모습이 보였다. 그 모습을 보며 제스는 남몰래 미소 지었다. 저게 바로 아빠의 가장 큰 야심이었다. 손을 이용해서 끊임없이 무언가를 만드는 일. 아빠는 만들기를 좋아했다. 손을 움직이고 있으면 온종일 학생들을 가르치고 난 후의 긴장감이 어느 정도 해소되는 모양이었다. 비록 그 비운의 물건들은 처음에 생각했던 것과는 영 딴판으로 만들어지곤 했지만.

수납 상자도 예외는 아니었다. 이웃 사람들은 그것을 '관'이라고 불렀다. 관이라고……. 지금 제스는 그 '관'이라는 말이 내심 마음에 걸렸다.

잠시 후 계단 아래에서 제스를 부르는 아빠의 목소리가 들렸다.

"제스! 짐은 다 쌌니?"

제스는 서둘러 방문 쪽으로 향했다. 문을 열었더니 아빠가 서 있었다.

"가방 들어주마."

"아니에요."

"내가 든대도."

아빠는 가방에 팔을 뻗다가 충동적으로 제스를 꼭 끌어안았다. 제스는 아빠가 무슨 말이라도 하지 않을까 싶어 올려다봤지만 아무런 말도 없었다. 그저 두 팔로 딸을 꼭 끌어안은 채먼 곳을 응시할 뿐이었다. 몇 초나 지났을까. 아빠가 팔을 풀며비로소 입을 열었다.

"오늘은 수영장에 못 갔겠네. 몇 년 만에 처음이지."

"응, 그러고 싶진 않았는데……."

"알아."

아빠는 가방을 들고 계단을 내려갔다. 제스는 아빠의 표정을 살피며 뒤따랐지만, 무슨 생각을 하고 있는지 알 수 없었다.

"거기까지 가는 데 얼마나 걸릴까요?"

"글쎄, 나도 처음이라……. 휴가를 떠나는 차들로 도로가 꽉 막혀서 속도를 낼 수도 없어. 게다가 지도를 찾아보니 아주 외진 곳이더라. 어디서 출발하더라도 수 킬로미터는 족히 가야 할 거야. 접근하기도 쉽지 않고."

아빠는 시계를 힐끔 보면서 마지막 말을 덧붙였다.

"해 지기 전에 도착하기는 힘들겠어."

그러고는 계단 아래 있는 다른 짐들 옆에 제스의 가방을 내려놓았다. 그때 엄마가 부엌에서 나오며 물었다.

"관은 차에 달았어요?"

아빠가 눈살을 찌푸렸다.

"응. 그런데 말야, 그걸 꼭 관이라고 불러야 해?"

"흠, 아버님은 신경 안 쓰실걸. 그걸 관이라고 맨 처음 부른 분도 아버님이셨잖아."

"그래? 아버지가 그렇게 부르셨다고……. 난 몰랐는데."

엄마가 부드러운 눈빛으로 아빠를 바라봤다.

"알았어요. 이제 수납 상자라고 부를게."

제스에게는 할아버지를 살펴보고 오라고 일렀다.

할아버지는 거실에 있었다. 머리를 한쪽으로 기울인 채 가장 마음에 들어 하는 의자에 앉아 있었다. 처음에 제스는 할아버지가 잠들었다고 생각했다. 그때 할아버지가 반짝 눈을 떴다.

"좀 어떠세요, 할아버지?"

"아직 저승사자는 피하고 있다만, 관은 준비됐냐?"

제스가 풋, 하고 짤막한 웃음을 터뜨렸다.

"아빠가 방금 차 위에 매달았어요. 정말 괜찮으신 거예요?"

"문제없다. 너만 곁에 있다면 말이야."

할아버지가 눈을 찡긋했다. 하지만 제스는 황급히 고개를 돌렸다. 약해진 할아버지의 모습을 보는 게 얼마나 가슴 아픈 일인지 숨기기 위해서. 제스가 기억하는 할아버지는 항상 건강하고 열정과 에너지를 내뿜는 사람이었다. 이렇게 힘없이 축 늘어진 모습을 보는 것은 어쩐지 부당하다는 생각이 들었다. 제스는 자신이 가장 두려워하는 생각을 마음에서 몰아내고자 애쓰며 말했다.

"거길 기억하세요?"

"기억하다마다. 내가 태어난 곳인걸."

"하지만 열다섯 살 때 떠나셨잖아요."

"맞아. 지금 네 나이였지."

"그때 이후로 한 번도 가본 적 없으시잖아요. 많이 달라졌을 텐데요."

할아버지가 코웃음을 쳤다.

"난 기억할 거다. 너도 여길 잊지 못할걸?"

제스는 시선을 내리깔았다.

할아버지를 보면 든든하면서도 한편으로는 불안했다. 왜일까? 정작 할아버지는 자기 상태에 전혀 신경 쓰지 않는 것 같은데. 할아버지는 아무것도 두려워하지 않았다. 일생 동안 그 무엇도 두려워하지 않았다. 적어도 겉으로는 그렇게 보였다. 하지만 지금도 그럴까? 어쩌면 속으로는 가장 나쁜 결과를 염두에 두고 있을지도 모른다. 최악의 상황……. 그것은 할아버지가 쓰러진 후로 줄곧 가족들의 마음을 괴롭혀 왔다. 하지만 누구도 그것을 입 밖에 내지는 않았다.

아빠가 문 앞에 불쑥 모습을 드러냈다.

"아버지, 괜찮으세요? 제스가 아버지를 돌보고 있었네요."

아빠의 목소리는 평소보다 몇 배는 높고 컸다. 어제부터 계속 그랬다. 할아버지가 심장마비로 쓰러진 후로 아빠는 할아버지에게 말할 때마다 계속 목청을 높였다. 마치 할아버지가 건강뿐 아니라 청력도 점점 잃어가고 있다는 듯이. 할아버지가 버럭 짜증을 낼 것 같아 불안했지만 불쾌하다는 듯 눈썹만 잠깐 추켜올릴 뿐이었다.

"제스가 잘 돌봐주고 있다."

"그럼, 이제 차로 모실게요."

할아버지는 아빠가 의자에서 자신을 일으켜 세우도록 내버려두었다. 하지만 일어서자마자 아빠를 옆으로 밀쳐내고는 지팡이로 손을 뻗었다. 제스는 힘겹게 거실을 빠져나가는 할아버지의 뒷모습을 불안하게 지켜봤다. 아빠는 할아버지가 넘어질까 노심초사하며 그 옆에 바싹 붙어 주위를 맴돌았다. 엄마가 현관에서 기다리고 있었다.

"괜찮으세요, 아버님?"

"어떻게 안 괜찮을 수 있겠냐? 온종일 나 때문에 이렇게들 야단법석인데."

엄마가 웃음을 참으며 두 사람이 지나가도록 살짝 비켜섰다. 그리고 제스의 팔을 잡았다.

"이리 와 보렴."

제스는 엄마를 따라 서재로 갔다. 탁자 위에, 액자 없는 그림이 하나 세워져 있었다. 할아버지 작품인 것은 확실했지만 전에 봤던 그림들과는 어딘가 달랐고 아직 많은 부분이 미완성인 듯했다.

"혹시 이 그림 본 적 있니?"

제스는 고개를 저었다.

"처음 봐. 이런 걸 그리시는지도 몰랐어."

엄마는 제스를 가만히 쳐다봤다.

"어젯밤에 그리셨어."

"무슨 소리야?"

"병원에서 돌아온 후 바로 침실로 모셔다드렸는데……. 아마 우리가 모두 잠들 때까지 기다리셨던 모양이야. 밤중에 다시 나오셔서 붓이며 물감을 챙기셨겠지. 밤새 작업을 하신 것 같아. 휴가 때 완성하고 싶다고 이 그림을 챙기라고 하셨어."

제스는 그림을 유심히 쳐다봤다.

확실히 달랐다. 그동안 봐왔던 할아버지의 작품들과는 전혀 스타일이 달랐다. 그림 한가운데 신비한 강이 흐르고, 그 물줄기는 거대한 힘으로 그림 전체를 완전히 장악하고 있었다. 실제로는 본 적 없는 강이었다. 어쩌면 진짜 강이 아닌 환상 속의 강인지도 모른다.

그림은 기묘했고 형태가 없었다. 그러면서도 왠지 섬뜩한 아름다움을 지녔다. 강 둔치에는 간신히 눈에 들어올까 말까 한 희미한 초록빛이 감돌고 있었는데, 그 초록은 창백한 강물색과 섞여 바다 쪽으로 계속 이어졌다. 동물도 새도 사람도 없었다. 하지만 나름대로 자연스럽게 느껴졌다. 멀리서 보니 그림 속 어디에도 생명체를 위한 공간은 없는 것 같았다. 어쩐지 길고 강렬한 여름이 지나고 가을이 서서히 다가오는 듯한 느낌이 들었다.

"제목이 뭔 줄 아니?"

미묘하게 울리는 목소리였다. 지나치게 무심하고 단정해서

도리어 엄마의 흥분된 감정이 고스란히 묻어났다. 제스는 그 이유를 알았다. 그림에 제목을 붙이다니……. 할아버지는 지금껏 자기 그림에 한 번도 제목을 붙이지 않았다. 할아버지는 그저 그림을 그렸고, 보는 이들이 그 그림을 느끼도록 내버려둘 뿐이었다. 엄마는 그림을 뒤로 돌려 할아버지가 끼적인 글자를 가리켰다. 제스는 그것을 큰 소리로 읽었다.

"리버보이."

길고도 독특한 여운이 남았다. 게다가 이유는 모르겠지만 이 글자가 자신에게도 왠지 아주 중요한 것처럼 느껴졌다. 하지만 왜 그럴까? 이상한 점은 또 있었다.

제스는 엄마를 돌아보며 말했다.

"소년이 없잖아."

"그래, 이상한 일이지. 제목이 '리버보이'인데 '소년'이 없다니……. 뭐, 아직 완성된 그림이 아니니까 나중에 소년을 그리실 수도 있겠지. 사실, 엄마가 살짝 여쭤봤어."

"응? 새삼스럽게 왜?"

"엄마도 바로 후회했어. 하지만 너무 궁금하잖아. 그림도 특이하고 생전 안 붙이시던 제목까지……. 물론 할아버지가 무슨 말을 하셨을지는 짐작하겠지?"

짐작 따위는 필요 없었다. 안 봐도 눈에 선했다.

"아마도 이러셨겠지. '화가는 그림을 설명하는 게 아니다.

그림마다 독특한 생명이 있고, 시가 그렇듯이 자신만의 언어
가 있어. 그걸 이해할 수도 있고 이해하지 못할 수도 있는 법이
야' 또 이러셨을 거야. '그림 그리는 것 그 자체로 충분히 힘들
었다. 그런데 또 세상의 바보들에게 의미까지 일일이 설명해
야 되는 게냐!'"

"음…… '바보'가 아니고 '무식한 인간들.'"

"응, 무식한 인간들. '무식한 인간들에게 그림의 뜻을 설명
하느라 시간을 낭비할 수는 없다. 만일 화가가 자신을 찾아오
는 모든 사람에게 일일이 의미를 설명해야 한다면, 어떤 그림
도 완성할 수 없을 거다' 틀림없이 이렇게 말씀하셨을 거야. 그
리고 또……."

엄마가 웃으며 끼어들었다.

"그래, 비슷해. 어쨌든 네가 이 그림에 대해 뭔가 알고 있을
줄 알았는데. 넌 할아버지의 작은 요정이잖니."

"요정?"

"응, 요정. 다른 말로는 뮤즈. 예술가에게 영감을 주는 사람
이란 뜻이야."

뮤즈……. 제스는 이미 그 말에 익숙했다. 그림을 그릴 때마
다 할아버지는 그 말을 자주 입에 올렸다. '요즘 뮤즈의 심기가
꽤나 불편한 모양이야. 통 도와주질 않아' 혹은 '중요한 그림이
니 뮤즈에게 잘 보여야 해'라는 식이었다. 그렇지만 제스를 가

리켜 뮤즈라고 한 적은 한 번도 없었다. 그래서 할아버지에게 뮤즈란 어떤 특정한 사람이 아닌 일종의 여신을 의미하는 거라고 생각했다. 게다가 여신이라도 할아버지처럼 고집 센 노인에게 어떤 영향력을 미칠 수 있을까 하고 의심했다.

"글쎄, 영감을 얻는 데 내가 필요할까? 할아버지는 평생 그림을 그리셨잖아."

엄마는 잠시 머뭇거리며 그림 테두리를 손가락으로 훑었다. 그러면서 생각에 잠긴 목소리로 말했다.

"아니, 할아버지는 네가 태어나고 나서야 그림 속에서 진정한 자신을 발견하셨어. 그 전의 그림들은 뭔가 부족했지. 기교는 풍부했지만 감동이 없었달까."

엄마는 잠시 말을 멈췄다.

"하지만 네가 태어나자 할아버지는 뭔가를 찾은 듯했어. 스스로에게 열정을 불어넣으셨지. 지금까지 쭉."

"그런 말은 한 번도 안 하셨는걸."

"아빠나 나한테도 그런 말을 하신 적은 없어. 어쩌면 할아버지 자신조차 모르고 계실지도. 누군가 그런 말을 한다면 쓸데없는 소리라고 손을 내저으시겠지. 하지만 엄마는 알아. 할아버지는 너를 통해 아주 중요한 에너지를 얻고 계셔. 아빠랑 엄마 모두 그렇게 느끼고 있어."

엄마가 제스의 볼을 가볍게 두드렸다.

"할아버지는 널 사랑하시니까. 그렇다고 너무 우쭐하지는 말고."

제스는 말없이 그림을 쳐다봤다. 엄마가 다시 물었다.

"역시 그림에 대해 생각나는 건 없니?"

"응."

"그래. 그럼 이제 가볼까? 제스, 그림을 들고 올래? 할아버지가 휴가 동안 이 그림을 완성하실 수나 있을는지……. 그림을 그릴 때면 워낙 흥분하시니까 말이야. 걱정되는구나."

제스는 그림을 집어 들었다.

"잠깐만 있다 갈게."

"너무 꾸물거리지는 말고. 갈 길이 머니까."

"알았어."

제스는 엄마가 나갈 때까지 기다렸다가 다시 그림을 응시했다. 리버보이. 그 단어가 다시 한번 머릿속을 스쳤다. 그래, 할아버지는 나중에 소년을 그리실 거야. 힘이 남아 있다면.

그랬다. 그게 가장 큰 문제였다. 할아버지는 이제 두 번 다시 붓을 잡지 못할지도 모른다. 아니, 아니다. 할아버지가 그렇게까지 약해질 리 없다. 그것은 틀림없었다.

할아버지는 항상 그림에 집착했다. 한번 시작한 그림은 엄청난 집중력과 애정을 발휘해서 꼭 완성해 내고야 말았다. 게다가 이 그림은 할아버지에게 무척 특별한 의미인 것 같았다.

그림을 보면 볼수록 제스에게도 이 그림이 점점 더 중요한 것
처럼 느껴졌다. 이유는 알 수 없었다. 그림에는 있지도 않은 소
년의 존재감이 점점 더 크게 느껴졌다. 그리고 마침내 그 존재
감은 모든 것을, 강 둔치와 하늘과 심지어 강 전체를 압도했고
제스를 그림 속으로, 더 나아가 바다 쪽으로 이끌었다.

여행길은 아빠가 예상했던 것보다 더 길고 지루했다. 가족들의 대화는 끊어졌다 이어졌다를 반복하다가 어느 순간부터는 아예 사라져 버렸다. 제스는 대부분의 시간을 꾸벅꾸벅 졸았는데 꿈속에서도 줄곧 할아버지를 만났다.

　꿈속 정원에서 할아버지는 어린 시절의 제스와 놀아주고 있었다. 일부러 제스에게 져주는 시늉을 하면서 손녀가 자기 등에 올라타도록 내버려두었다. 그네에서 떨어진 제스를 업고 정신없이 병원으로 뛰던 할아버지. 제스에게 자전거를 가르쳐주던 모습도 보였다.

　"걱정 마라, 제스. 네 옆에 함께 있을 거다."

　어린 제스를 안심시키면서 안장을 붙잡고 큰 소리로 응원하던 할아버지, 그림을 그리는 할아버지, 제스가 수영하는 모습을 물끄러미 지켜보는 할아버지, 할아버지.

눈을 뜨니 조금 전 꿈속에서와는 너무 다른 모습이 눈에 들어왔다. 옆자리에 구부정하게 기대어 턱을 가슴에 파묻고 머리를 약간 기울인 채 잠들어 있는 노인. 말할 수 없이 쇠약한 노인의 모습. 눈을 감고 있어 눈동자에 아른거리던 열정의 불꽃마저도 볼 수 없었다. 앞자리에는 아빠와 엄마가 있었다. 엄마 역시 꾸벅거리며 졸고 있었다. 그 모습을 바라보다가 자동차 룸미러 속 아빠와 눈이 마주쳤다.

"괜찮니, 제스?"

"네."

거짓말이었다. 아빠도 눈치챈 것 같았지만 더 이상 묻지 않았다. 제스는 창문 밖으로 지는 해를 바라보았다.

"얼마나 더 가야 돼요?"

"두어 시간쯤. 피곤하니?"

"네."

"도착하면 푹 쉴 수 있을 거다."

"할아버지를 기억하는 사람이 있을까요?"

"글쎄다. 그때 할아버지와 함께 살던 사람들이 얼마나 마을에 남아 있을지. 그분들이 아직까지 살아 있다면 기억하겠지."

아빠는 할아버지가 잠들어 있는지 확인하려는 듯 뒤를 힐끔

처다봤다.

"할아버지는 마을을 떠난 후엔 누구와도 연락하지 않으셨다. 그건 확실해. 과거와 단절된 삶을 사셨지. 하지만 찾고 싶은 사람은 있다고 하셨어. 알프레드라고, 근처에 함께 사셨던 분이라지. 하긴 그분을 아는 사람도 별로 없을 거야. 설사 기억하는 사람이 있다 해도 직접 만날 수 없을 게 뻔해. 우리 숙소가 웬만큼 동떨어져 있어야지. 가장 가까운 집이 3킬로미터 밖에 있단다. 하아…… 이게 할아버지가 원하신 휴가란다."

제스는 가만히 들판과 언덕을 바라보았다. 자신이 자란 도시와는 너무 다른 풍경들. 제스는 이 모든 것의 의미를 알고 싶었다. 휴가는 할아버지가 쓰러지기 전에 이미 계획된 것이었고, 그것은 할아버지의 뜻이기도 했다. 어릴 적 살던 곳에 한번 가보고 싶다, 그 전에는 한 번도 그런 말을 한 적이 없었다. 사실 그 자체가 할아버지답지 않았다. 할아버지는 언제나 뒤를 돌아보는 것을 수치스럽게 여겼다. 그런 마음이 나약함의 증거라도 되는 듯 경멸했다.

그러나 제스는 그것이 수치나 경멸이 아니라 고통임을 알았다. 과거의 추억은 할아버지에게는 고통이었다. 열다섯 살에 마을을 떠나야 했던 소년, 끔찍한 화재로 집도 부모도 모두 잃어버린 그 소년이 과거를 추억할 수 없음은 당연한 일이었다.

그런데 지금 그들은 다시 그곳으로 돌아가고 있다. 제스는 자신의 옆에서 몸을 웅크린 채 꾸벅꾸벅 졸고 있는 연약한 할아버지를 바라봤다. 어쩌면 할아버지가 기적을 일으키실지도 몰라. 이번 휴가로 건강을 되찾으셔서 날 놀라게 하실지도 몰라. 다시 강해지실지도 몰라. 그러나 할아버지를 보면 볼수록 희망보다는 두려움이 커졌다.

두려움이 엄습하는 가운데 제스는 다시 눈을 감았다.

흐르는 물소리가 제스를 깨웠다. 아빠의 지친 듯하면서도 안도하는 목소리가 물소리에 섞여 희미하게 울렸다.

"모두 일어나요. 다 왔습니다."

제스는 눈을 깜빡거리며 주위를 두리번거렸다. 어느새 어둠이 짙게 깔려 있었다. 창문 밖으로 나무들의 그림자가 어른거렸다. 아빠가 차 문을 열자 실내등 불빛이 번쩍하며 나른하고 멍한 얼굴 위로 쏟아졌다. 엄마가 몸을 틀어 뒤를 돌아다봤다.

"제스, 괜찮니? 아버님은 어떠세요?"

"괜……찮다."

할아버지가 웅얼거렸다. 맙소사, 괜찮지 않은 게 역력했다.

"제스는?"

"괜찮아요."

엄마가 하품을 했다.

"영영 도착하지 못할 것 같더니. 그 지루한 여행길도 결국 끝났구나."

제스는 차 문을 열어젖히고 밖으로 나왔다. 한층 거세진 물소리가 귓가를 맴돌았다. 시냇물은 제스의 오른편에서 달빛에 반짝이며 쉼 없이 흐르고 있었다.

엄마도 차에서 내려 제스 쪽으로 걸어와서는 한쪽 팔을 딸의 어깨에 두르며 말했다.

"아름다운 곳이다. 그나저나 네가 너무 지루해하지 않았으면 좋겠어."

제스는 아무 말도 하지 않았다. 그저 들을 뿐이었다. 시냇물 소리를, 자신의 영혼을 사로잡은 강물 소리를 잠자코 온몸으로 듣고 있었다. 잠시 후, 아빠의 목소리가 그 몰입의 시간을 깨뜨렸다.

"별장도 보렴."

제스는 뒤를 돌아다봤다. 와……. 강에 정신을 뺏긴 나머지 바로 뒤 어슴푸레한 별장의 그림자를 눈치채지 못했던 것이다. 별장은 커다란 나무들을 등지고 제스의 왼편에 서 있고, 강은 얼마 떨어지지 않은 곳에서 굽이굽이 흐르고 있었다.

"다른 집은 없는 거죠?"

"응. 아마 휴가 기간 내내 우리끼리만 지내게 될 거야. 길을 따라 3킬로미터 정도 가면 집 한 채가 있긴 해. 거기에 이 별장 주인인 그레이 씨 부부가 살고 있어. 주말 별장을 몇 채 더 가지고 있지만 대부분 브레머스 근방에서 지낸다고 하더라. 거기가 이 근방의 유일한 마을이라지. 물론 크진 않아. 그 밖에 별다른 건 없어. 그냥 외딴 농장과 작은 농지뿐이야."

제스는 여전히 강물 소리에 귀를 기울이면서 천천히 주위를 둘러보았다. 괜찮아요, 우리끼리만 있을 수 있다는 게 기뻐. 다른 사람들은 원치 않았다. 가족과 별장, 그거면 충분했다.

"그런데 브레머스까지는 얼마나 멀죠?"

"직선 거리로는 40킬로미터쯤, 길을 따라가면 70킬로미터쯤 될 거야. 구불구불한 길을 따라 언덕을 넘어야 하니까. 아마 계곡을 따라 내려가도 비슷할걸. 이 작은 강줄기는 브레머스에서 끝날 것 같은데."

"거기서 끝나는 게 맞다."

아빠의 대답이 끝나자마자 뒤쪽에서 할아버지의 숨 가쁜 목소리가 들렸다. 뒤돌아보니 할아버지가 차 안에서 나오려 안간힘을 쓰고 있었다. 아빠가 급히 할아버지 쪽으로 뛰어갔다.

"죄송해요, 아버지. 저한테 기대세요."

할아버지는 부축을 받아 간신히 일어나서는 어둠 속에서 주위를 둘러봤다. 이렇게 세월이 흐른 뒤 다시 고향으로 돌아왔을 때 어떤 생각이 들까? 할아버지는 지금 무슨 생각을 하고 있을까? 할아버지가 갑자기 후욱, 하고 공기를 깊게 들이마셨다. 그러더니 아빠를 돌아보며 무뚝뚝하게 말했다.

"이건 그냥 작은 강줄기가 아니야. 바로 저 아래쪽에서 제법 큰 강으로 변하지."

그런 뒤 별장을 힐끗 쳐다봤다.

"그래, 이곳이 우리가 지낼 곳이구나."

"네……."

아빠가 머뭇거렸다.

"불평하지는 마세요. 이 근방의 숙소를 찾느라 꽤나 고생했으니까요."

"여기 주인이 누구라고 했냐?"

"그레이 부부예요."

"처음 듣는 이름이구나."

"그러실 거예요. 어쨌든 이제 들어가죠."

"제가 아버님을 부축해 드릴게요."

"성가시게 굴지 마라. 난 괜찮으니까."

아빠가 손전등을 켜고 가족을 별장으로 이끌었다.

"그레이 씨가 문턱에 열쇠를 두겠다고 했는데."

"쯧, 무턱대고 그 말만 믿었구나."

할아버지가 못마땅한 목소리로 말했다.

"늦게 도착할 예정이었으니까요. 그분들이 잠을 안 자고 기다리기는 힘들죠. 아마 그레이 씨는 내일 아침에 일찍 들를 거예요."

"아, 여기 열쇠!"

문턱을 더듬던 엄마가 열쇠를 찾아 문을 열었다. 제스가 전등 스위치를 찾아 누르자 좁다란 현관과 그 끝에 위치한 계단이 모습을 드러냈다. 아래층은 그런대로 깔끔하고 안락해 보였다. 제법 쓸 만한 거실, 욕조가 딸린 조그만 화장실, 탁구대가 있는 휴게실. 탁구대는 휴게실의 반을 차지하고 있었다. 공, 배트, 라켓 등이 있는 붙박이장이 있었고, 한쪽 구석에는 엄마가 미리 요청해 둔 간이침대가 조립되어 있었다.

엄마가 침대의 여기저기를 눌러보며 말했다.

"좀 딱딱한데요. 아버님 괜찮으시겠어요?"

"더 못한 데서도 잤었다."

"죄송해요. 다른 방법이 없었어요."

"괜찮을 거다."

부엌을 살펴보는 동안 할아버지는 곧바로 의자에 주저앉았다. 할아버지는 아무 말이 없었다. 제스는 할아버지가 극도로 피곤해한다는 것을, 혼자 있고 싶어 한다는 것을 표정에서 읽었다.

테이블 위에는 쪽지가 있었다. 제스는 쪽지를 집어 아빠에게 건넸다.

"그레이 씨가 남긴 쪽지네. 먹을 것을 구하려면 브레머스까지 가야 한다고……. 흠, 그래도 우유랑 버터를 냉장고에 넣어두었다는군. 빵과 차와 설탕은 식품 저장실에 있다는데. 고마운 일이야. 그런데 식품 저장실이 어디지?"

"여기예요."

제스가 문을 열며 말했다.

"냉동고도 있다고 했는데."

엄마는 시종일관 두리번거렸다.

"저기 있군."

"생각보다 크네요. 잘됐다. 냉장고 크기도 괜찮고. 그래도 가져온 음식을 다 넣지는 못하겠어."

엄마의 말이 끝나자마자 제스와 아빠는 서로 시선을 주고받으며 킥킥 웃었다. 늘 반복되는 일이었다. 엄마는 여행 갈 때마다 세계 일주를 준비하는 것처럼 음식을 잔뜩 챙겼으니깐. 이번에도 별다른 일이 없다면 음식 때문에 브레머스에 갈 필요는 없을 것이다.

부엌에 할아버지를 남겨놓고 2층을 보러 계단을 올랐다. 거기에는 욕실과 두 개의 침실이 있었다. 하나는 2인실이고 다른 하나는 1인실이었다. 제스는 자기가 쓸 방으로 가 주위를 둘러보았다. 책상과 안락의자, 붙박이장과 푹신한 침대가 있었다. 방이 나를 반겨주는 것 같아. 제스는 마음속으로 생각했다. 창밖으로 강이 보였다. 이 집과 얼마나 떨어져 있는 것인지 강줄기가 아주 가깝게 흐르고 있었다.

등 뒤로 엄마의 목소리가 들렸다.

"물소리 때문에 좀 신경이 쓰이네. 이렇게 가까이에서 흐를 줄은 몰랐는데."

"난 괜찮아."

"그래? 잠잘 때는 더 시끄럽게 들릴 거야. 어쨌든 잠을 설치지 않았으면 좋겠다. 저쪽 방도 조용한 편은 아니지만 그래도 집 뒤쪽이니까."

"난 괜찮아. 정말이야."

엄마를 안심시키기 위해 제스가 말했다.

"난 물소리 좋아해. 정말이야. 이 소리를 듣고 있으면 수영하는 내 모습이 떠올라. 아마 다른 방이 있었어도 이 방을 골랐을 거야. 오히려 할아버지가 걱정이야. 편안하실까?"

엄마가 창밖의 시냇물을 내려다보며 아주 잠깐 인상을 찌푸렸다.

"그러셔야 할 텐데."

제스는 엄마 말이 옳다는 걸 곧 깨달았다. 시냇물 소리가 깊은 잠을 방해했다. 하지만 이상하게도 그 소리는 잠자는 것 이상으로 제스를 편안하게 만들어주기도 했다.

제스는 침대에 누워서 창에 드리워진 달빛의 춤을 감상했다. 동시에, 바다로 흐르는 강물 소리를 들었다. 강이 들려주는 자연의 음악을 모른 체하기란 불가능했다. 모든 것을 순식간에 자신의 품으로 끌어들이는 그 소리를. 제스는 그 음악을 모른 체하고 싶지 않았을뿐더러 사실 무척이나 마음이 끌렸다. 들으면 들을수록 단순한 강물 소리가 아닌 은밀한 속삭임처럼 느껴졌다.

이상하고도 규칙적인 속삭임. 마치 알려줄 비밀 얘기가 아주 많다는 듯한 목소리. 이 소리, 어쩌면 할아버지도 듣고 계실지 몰라. 제스처럼 침대에 누워, 귀를 두드리는 강의 수다에 집중하고 계실지도 모를 일이다. 여기서 태어나 자라셨으니 아마 할아버지는 강이 들려주는 이야기를 더 잘 이해하시겠지. 어렸을 때는 할아버지도 종종 오랫동안 강의 이야기에 귀를 기울이곤 했겠지.

제스는 얼굴을 찡그리면서 일어나 앉았다.

할아버지 생각만 하면 마음 한구석이 바늘로 콕콕 찌르는 듯 아파왔다. 할아버지의 정신력에 감탄하고 있었지만 그렇다고 할아버지의 쇠약해진 모습을 손 놓고 보고 있을 수만은 없었다. 그것은 생각보다 괴로운 일이었다. 결국 우리 곁을 떠나시는 걸까? 아니, 그런 일은 있을 수 없다. 제스는 항상 할아버지가 지금보다 몇 년은 더 사실 거라고 생각했다. 그래, 어쩌면 정말 그럴지도 모른다. 그래서 모두를 깜짝 놀라게 할지도 모른다. 할아버지는 나이 들었지만 기적을 바랄 수 없을 만큼 나이 든 건 아니니까.

제스는 강물 소리에 다시 귀를 기울였다. 그 소리는 시간이 지날수록 점점 더 빠르게 마음을 흔들었고 마침내 완전히 제스를 사로잡았다. 마음속에 숨어 있던 불안이 저 강물 소리와 반응해 뒤섞이는 것 같았다. 제스는 자리에서 벌떡 일어나 겉옷을 걸치고 창가로 갔다. 창틀에 팔꿈치를 대고 두 손으로 턱을 괸 채, 빠르게 흘러가는 물을 바라보며 가만가만 어둠에게 말을 걸었다.

"혹시 내게 말하고 있는 거니?"

제스는 중얼거렸다.

"무슨 말을 하고 있어?"

시냇물은 창가 바로 아래쪽에서 쉼 없이 흘렀다. 검고 반들반들한 바위 위를 미끄러지듯 타고 넘어 집에서는 보이지 않는 낮은 곳으로 휘돌아 흘러갔다. 그것을 물끄러미 바라보고 있으니 마치 제스 자신의 일부분도 물을 따라 바다까지 떠내려가는 듯했다.

갑자기 한숨이 나왔다.

이곳은 왠지 수상하다. 이유 없이 마음을 불안하게 만든다. 그렇다고 무서운 것은 아니다. 뭐랄까, 마치 모든 곳에 영혼이 깃든 것 같았다. 기분 나쁜 유령이나 소름끼치는 어둠의 느낌이 아니라 강의 정령, 풀잎과 나무와 언덕의 정령, 밤이 부리는 마법 같은 게 모든 부분을 관통하며 흐르고 있는 것 같았다.

강물은 쉴 새 없이 반복되는 음악처럼 찰랑찰랑 소리를 내며 아래로 아래로 미끄러져 갔다.

추워. 제스는 살짝 몸서리를 치며 겉옷의 옷깃을 더 단단하게 여몄다. 그러다 문득 충동적으로 방문 앞으로 걸어갔다. 문을 열고 잠시 강물 소리를 무시하려고 애쓰면서 맞은편 방 쪽으로 귀를 기울였다. 엄마 아빠의 고른 숨소리가 들렸다.

어쨌든 아빠의 숨소리가 들렸으니 그것으로 충분하다. 엄마는 머리를 기대기만 하면 금방 곯아떨어지니까. 하지만 아빠는 좀처럼 쉽게 잠들지 못했다. 그러다가도 한번 깊은 잠에 빠지면 엄마처럼 여간해서는 깨지 않았다. 게다가 옆 사람이 깜짝 놀랄 정도로 요란하게 코 고는 소리를 내곤 했다. 그러니 일단은 안심이다.

제스는 전등을 켜지도 않은 채 까치발로 조심스럽게 길을 더듬으며 계단을 내려갔다. 계단을 다 내려와 잠시 발걸음을 멈추었다가 곧이어 최대한 발소리를 죽인 채 살금살금 거실로 들어갔다. 예의 그 '관'이 어둠 속에서 어슴푸레하게 모습을 드러냈다. 내일 아침이면 저 안의 짐들은 이 별장의 이곳저곳으로 옮겨지겠지. 그리고 저 끝에는 할아버지가 있다. 저기 저 임시 침실 문 너머에. 제스는 귀를 쫑긋 세우고 그곳으로 천천히 다가갔다. 문에 귀를 바짝 붙인 채 할아버지의 숨소리가 들리길 기다렸다.

그러나 아무 소리도 들리지 않았다.

무슨 일일까. 제스는 공포로 맥박이 빨라지는 것을 느끼며 문을 홱 열어젖혔다. 할아버지가 마치 비명을 지르는 것처럼 입을 크게 벌리고 고개를 뒤로 젖힌 채 침대에 누워 있었다. 제스는 급하게 할아버지에게로 다가가다가 그만 탁구대 모서리에 몸을 부딪치고 말았다. 그때 할아버지의 목소리가 들렸다.

"됐다. 난 괜찮아."

피곤하고 힘없는 목소리였지만 그 목소리를 듣는 것만으로 안심이 됐다. 제스는 요동치던 맥박이 서서히 가라앉는 것을 느꼈다.

"이리…… 와서 앉아라."

제스는 침대 모서리에, 가능한 한 할아버지 옆에 붙어 앉으려 애썼다.

"손을 잡아다오."

이불 속에서 팔을 빼내려 안간힘 쓰는 할아버지의 손을 제스는 꼭 붙잡았다. 전과는 다르게 너무도 여위고 마른 손이었다. 예전에는 두 팔로 제스를 안아 번쩍 들어 올리곤 했는데, 이제 그 손은 오히려 제스의 마음을 아프게 했다.

"잠이 안 오니?"

제스가 고개를 끄덕였다.

"나도 그렇구나. 여기가 내 기억과 얼마나 다른지, 그런 생각만 들고."

할아버지는 손녀딸을 물끄러미 쳐다봤다. 어둠 속에서 할아버지의 두 눈이 강철처럼 번뜩였다.

"모든 게 변했구나, 제스. 모든 게 변했다. 예전과 같은 건 아무것도 없어. 영원한 건 아무것도 없는 거야. 저항해 봐야 소용없단다. 우리는 그걸 받아들여야 해."

제스는 할아버지가 지금 무슨 말을 하고 있는지 이해했지만 아직은 듣고 싶지 않았다. 아직은 변화를 생각하고 싶지 않았다. 아직은 모든 게 그대로이길 바랐다. 만일 무엇인가가 꼭 변해야 한다면 지금은 아니길 바랐다. 나중에, 내가 그것을 충분히 받아들일 수 있을 때, 그때까지는.

갑자기 할아버지가 쿡쿡거리며 웃었다.

"그래, 변하지 않는 것도 있지. 알프레드라는 녀석 말이야. 그 친구는 결코 변하지 않을 거야. 아직 살아 있다면 말이다. 어렸을 때 우리 집 근처에 살았어. 나이도 같았지. 그래, 여기서 3킬로미터쯤 떨어진 곳에 그 애 가족이 사는 집이 있었는데. 성이…… 으음, 잘 생각이 안 나는구나. 어쩌면 이 별장의 주인이라는 그레이인지 뭔지 하는 사람들이 지금 살고 있는 곳, 거기가 알프레드의 옛날 집일 수도 있겠다. 알프레드가 달라졌다고는 상상할 수 없어. 그 친구는 살면서 새로운 짓이라고는 절대 하지 않을 사람이다. 아마 살아 있다면 이 근처에 있을 거다. 그래, 아직까지…… 살아 있다면……."

할아버지의 목소리가 점점 잦아드는 동시에 제스에게서 손을 빼내려는 듯 손가락에 살짝 힘을 주었다. 제스는 할아버지의 손을 이불 위에 얹고 얼마간 잠자코 있었다.

이윽고 할아버지의 눈이 서서히 감겼다.

제스는 조용히 문을 열고 나와 현관 쪽으로 걸어갔다. 강물 위로 쏟아지는 달빛이 창문 밖으로 또렷하게 내비쳤다. 또다시 강물 소리가 제스를 유혹했다. 그 소리는 마법에 걸린 폭포처럼 제스를 향해 쏟아지고 있었다.

귀에 익숙한 강물 소리와 유쾌한 새들의 노랫소리가 제스를 깨웠다. 공기는 피부에 오소소 소름이 돋을 정도로 상쾌했고, 열린 창문 틈으로 불어오는 산들바람이 살짝살짝 살갗을 스쳤다. 제스는 눈을 비비며 창문을 내다봤다. 하늘이 어슴푸레하게 밝아오고 있었다. 그리고 그 빛을 받은 나뭇잎들이 이리저리 넘실거렸다.

이른 시간인 것 같았지만 몇 시인지는 알 수 없었다. 제스는 어젯밤 잠결에 떨어뜨린 손목시계를 더듬더듬 찾았다.

5시 30분.

많이 잔 것은 아니다. 그런데도 푹 잔 듯이 온몸이 가뿐했다. 강이 벌써 제스를 부르고 있었다. 제스는 주저 없이 자리를 박차고 나와 수영복으로 갈아입고서 살금살금 밖으로 나왔다.

맞은편 방에서 아빠의 규칙적인 숨소리가 들렸다. 그 외에는 아무 소리도 들리지 않았다. 아마 엄마 아빠는 좀 더 잘 것이다. 특히 아빠는 그 먼 길을 혼자 운전하느라 피곤했을 테니. 그래도 할아버지에 대한 걱정 때문에, 이곳의 낯선 분위기 때문에 일찍 깰지도 모를 일이었다. 어쨌든 제스는 그 방을 지나쳐 이번에는 할아버지 방 앞으로 갔다. 문 주위를 기웃거리다 안을 들여다보니 할아버지는 머리를 뒤로 젖히고 입을 벌린 채 깊은 잠에 빠져 있었다. 아빠의 숨소리와는 다른, 짧고 발작적인 숨소리였다. 하지만 잠들어 있는 건 틀림없었다. 제스는 서둘러 현관으로 달려가 힘차게 문을 열어젖혔다.

새소리. 졸졸 흐르는 강의 잔물결 소리. 어김없이 귓전을 울리는 이 익숙한 소리들. 아침 햇살에 모습을 드러낸 주위 풍경은 깜짝 놀랄 정도로 아름다웠다.

이제 보니 별장은 제스의 왼편으로 쭉 뻗어 있는 커다란 산 밑자락에 위치하고 있었다. 강은 그 울창한 숲에서 흘러와 아래로 세차게 내려갔다. 별장 주변에는 나무들이 빽빽했지만 그 너머 더 먼 곳에는 땅이 울퉁불퉁한 공터들이 군데군데 보였다.

비록 나무들에 둘러싸여 있다고 해도 별장이 있는 곳은 숲속의 조그만 공터였다. 그리고 그 오른쪽에는 브레머스까지 연결된 좁다란 길이 있었다. 공터와 길이 맞닿아 있는 지점에 자동차가 이슬이 맺힌 채로 주차되어 있었고, 어쩐지 주변 풍경과는 어울리지 않아서 굉장히 낯설게 보였다. 그러나 그 너머로 펼쳐진 풍경은 제스의 눈길을 강렬하게 사로잡았다.

그곳엔 구불구불 흐르는 강줄기에 의해 양쪽으로 갈라진 골짜기가 있었다. 골짜기 양쪽의 높은 비탈은 또다시 울창한 삼림으로 덮여 있었고 그 군데군데에는 바위들이 박혀 있었다. 산속의 골짜기를 확인한 제스는 바로 앞 강가로 달려가서 무릎을 굽혔다.

너무도 아름다운 이 강줄기는 폭이 4~5미터 정도였고, 비탈진 급경사를 타고 흐르는 까닭에 그 속도가 만만치 않았다. 그래도 일단 제스는 물속으로 걸어 들어갔다. 다리 사이로 스며드는 냉기 때문에 한순간 숨이 턱 막혔지만 그 날카로움이 오히려 상쾌하게 느껴졌다. 강물이 다리 사이를 스치며 빠르게 흘렀다. 강 전체의 생동감이 다리를 타고 온몸으로 짜릿하게 번졌다.

제스는 발을 물에 담근 채 강의 아래쪽으로 걸어 내려갔다. 강물은 무릎께에서 찰랑거렸고, 돌 때문에 바닥이 울퉁불퉁하긴 했지만 발을 내딛기에는 문제없었다. 지나치게 미끄럽지도 않아서 걷기도 수월했다. 제스는 별장을 뒤로하고 강의 끝자락을 향해 물속을 걸어갔다.

계속될 것 같던 경사가 어느 순간 갑자기 끝났다. 계곡 바닥은 거의 극적이다 싶을 만큼 평평해졌다. 강물은 나무로 이루어진 터널을 통과해서 계속 앞으로 흘러갔다. 강의 폭은 점점 더 넓어졌다.

그 변화가 정말 놀라웠다. 빠르게 내달리던 조그마한 경주견이 눈 깜짝할 사이에 느리고 덩치 큰 개로 변해 더 이상 서두르지 않고 여유롭게 제 갈 길을 가는 것만 같았다. 제스는 나무 터널이 끝나는 곳까지, 찰방거리는 물줄기가 더욱 완만한 강바닥으로 떨어져 속도가 또 한 번 느려지는 곳까지 걸어 내려갔다.

그래도 물살이 제법 강해서인지 위에서 흘러내리는 물이 이따금 수면 위로 솟구쳐 올랐다. 하지만 물의 속도는 다시 느려졌고 물결은 완만한 상태로 계속 흘러갔다. 그러다 첫 번째 굽이에 이르러서는 갑자기 속도가 한참이나 더 떨어졌다. 마치 거기까지 가느라 가진 힘을 모두 사용한 것처럼. 물론 그 굽이를 지나면 다시 속도가 빨라질지도 모른다. 어쨌든 강물의 진정한 속도를 확인할 수 있는 방법은 오직 한 가지뿐이었다.

제스는 한 발짝 앞으로 나아갔다. 땅이 생각보다 심하게 바닥으로 푹 꺼져 있어서 무릎께에서 어른거리던 물이 갑자기 허리까지 쑥 올라왔다. 제스는 멈춰 서서 눈앞에 펼쳐진 강의 전경을 살펴보았다.

물론 수영은 자신 있었다. 실력이나 힘이나 그 누구에게도 뒤지지 않는다고 생각했다. 그렇지만 여기는 낯선 곳이다. 발을 잡아끄는 갈대가 물속에 숨어 있을지도 모르고, 전혀 예상치 못한 위험이 도사리고 있을지도 모른다. 제스는 도시에서만 자랐기 때문에 시골에 대해서는 아는 것이 없었다. 더더구나 강에서 수영한 적은 단 한 번도 없었다.

하지만 강물에 온몸을 담그고 싶은 유혹을 뿌리치기는 힘들었다. 게다가 지금 강은 얌전하고 수줍어 보인다. 그런대로 안전해 보인다. 결국 제스는 숨을 깊이 들이마신 후 물속으로 천천히 몸을 담갔다. 처음 강물에 발을 내디뎠을 때처럼 정신이 바짝 들 정도는 아니었지만 그래도 여전히 물은 차가웠다. 제스는 물살이 몸을 스치고 지나갈 때의 상쾌하고 풍부한 흐름이 마음에 들었다.

물 밖으로 머리를 내민 채 평영을 시도했다. 물살에 어느 정도 적응될 때까지, 안심하고 완전히 물을 믿게 될 때까지는 몸을 푹 담그지 않을 생각이었다. 그렇게 물살을 가르며 앞으로 나아가다가 제스는 적당한 곳에서 동작을 멈추고 발을 뻗어 바닥을 확인했다.

바닥은 감촉이 좋았고 단단했다. 그리고 약간의 자갈이 깔려 있었다. 물은 예상보다 더 빠르게 깊어져서 일어섰더니 벌써 가슴께까지 차올랐다. 제스는 자신이 떠나온 곳을 되돌아보았다.

그 사이 물살이 제스를 빠르게 밀고 내려가기 시작했다. 제스는 본능적으로 물살을 거슬러 헤엄쳤다. 비로소 강의 거대한 힘이 느껴지는 것 같았다. 물론 제스가 감당할 수 없을 정도는 아니었지만 꽤 힘을 들여야만 조금씩 나아갈 수 있었다. 자유형을 한다면 좀 더 쉽게 이동할 수 있겠지. 제스는 다시 발을 바닥으로 뻗어서 물속을 살폈다.

물이 맑아서 강바닥이 훤히 드러나 보였다. 그 속에서 바닥을 단단하게 딛고 균형을 잡느라 분주히 움직이고 있는 자신의 두 발이 보였다. 제스는 마침내 안심했다. 이 강은 안전하다. 두려워할 게 아무것도 없다. 이제, 잠수를 해도 된다.

그렇다고 해도 너무 깊게 들어가지는 않았다. 잠깐 동안 머리를 담갔다가 곧바로 수면으로 올라왔을 뿐이다. 가장 좋아하는 자유형으로 다시 물살을 거슬러 올랐다. 물살, 그것은 제스를 막을 수 없었다.

제스는 나무 터널까지 헤엄쳐 갔다가 거기서 또 한번 강의 힘에 몸을 맡긴 채 미끄러져 내려갔다. 원하면 언제라도 강물을 거슬러 올라 처음 발을 내디뎠던 곳으로 돌아갈 수 있다. 적어도 지금은 그랬다. 혹시 지금보다 물살이 거세지면 잽싸게 몸을 돌려 둔치로 올라오면 그만이다. 집까지 꼭 헤엄쳐 돌아갈 필요는 없었다.

그러나 물살에 몸을 맡기고 미끄러져 내려가는 동안 둔치를 따라 걷는 게 상당히 힘들지도 모른다는 생각이 들었다. 어떤 둔치는 꽤 널따랗지만 어떤 둔치는 가시덤불과 울창한 수목으로 막혀 있었다. 결국 뚜렷하게 이어져 있는 길은 없었다. 게다가 강줄기가 구불구불해서 똑바로 걸어가는 것도 쉽지 않을 것 같았다. 강을 거슬러 헤엄쳐 가는 것 외에 다른 유일한 방법은 산등성이를 따라가는 것인데 거기까지 오르기도 결코 만만치 않아 보였다. 일단은 강가 쪽으로 헤엄쳐 가서 갈대숲에 매달렸다.

그제야 제스는 자신이 물살에 떠밀려 100미터는 족히 내려왔다는 사실을 깨달았다. 아래를 내려다보니 바로 앞 강바닥의 깊이가 족히 2미터는 돼 보였다. 둔치 옆인데도 그렇게 물이 깊다니 신기할 따름이었다. 하긴 이곳은 집 근처 수영장이 아니다. 해변이 있는 바다도 아니었다. 이 강은 완전히 새롭고 그래서 흥분을 일으키기도 했지만 아직 제스는 더 많은 것을 배워야 했다. 제스는 다시 헤엄칠 준비를 했다. 다리를 구부렸다가 힘차게 둔치를 박차면서 물살 가운데로 몸을 죽 밀었다. 반대편 둔치는 보다 완만하고 서 있을 공간도 충분해 보여서 그곳으로 가는 게 더 좋을 것 같았다.

그러는 사이 물살은 조금씩 약해졌고 반대편 둔치에 가까워 오자 강바닥도 서서히 높아졌다. 둔치 옆 바닥에 발을 디디고 일어섰더니 물은 겨우 허리까지밖에 차지 않았다. 제스는 주위를 둘러보았다. 반짝반짝 모든 게 아름다웠다. 강은 온통 매혹적인 비밀로 가득 차 있는 것처럼 보였다. 하지만 이쪽 둔치역시 그다지 안전한 것 같지 않았다. 물살은 느렸지만 갑자기 강바닥이 쑥 하고 내려가기도 해서 바닥의 깊이를 가늠할 수 없었다. 제스는 다시 몸을 움직였다.

물살은 변함없었지만 이런 식으로 계속 강물을 거슬러 올라가는 건 불가능했다. 제스는 처음보다 많이 지쳤다. 하지만 물살의 위력은 오히려 점점 더 현실감 있게 제스의 몸을 휩쓸고 지났다. 자유형으로 빠르게 헤엄치고 있다고 해도 상류를 거슬러 올라가기 위해서는 상당한 에너지가 필요했다. 제스는 지쳤고, 강은 여전했다. 결국 강이 이긴 것이다. 그러나 약 100미터만 가면 집으로 돌아가는 길이 나온다. 제스는 처음 출발했던 나무 터널 입구에 도착하자 묘한 안도감에 가슴을 쓸어내렸다.

이제 정말 돌아갈 시간이다. 지금쯤 엄마 아빠는 잠에서 깼을 것이고 어쩌면 딸을 걱정하고 있을지도 모른다. 만약 제스의 마음을 눈치챘다면 이미 강가에 나와 제스를 기다리고 있을지도 모른다. 제스는 둔치를 기어올랐다. 그곳에는 별장으로 가는 길과 이어진 공터가 있었다.

불현듯 알 수 없는 시선이 느껴졌다. 제스의 몸이 한순간 뻣

뻣해졌다. 이곳에 누군가가 있다. 나 아닌 다른 누군가가 주변에 있다는 느낌이 강하게 머릿속을 덮쳤다. 제스는 동작을 멈추고 강과 둔치 주변을 두리번거렸다. 누군가 지켜보고 있다.

그러나 아무것도 없었다.

제스는 짧게나마 안도하며 둔치로 올라섰다. 그리고 천천히 별장을 향해 걸으면서 아까 그 느낌은 엉뚱한 상상에 불과하다고 스스로를 안심시켰다. 그러나 이상한 존재감은 좀처럼 사라지지 않았다. 집으로 돌아가는 그 순간에도 혼자가 아니라는 느낌이 점점 크게 제스를 덮쳤다.

"그 물건 위에는 안 앉겠다."

할아버지가 얼굴을 찌푸리며 말했다. 그러고는 가족의 손을 뿌리친 채 지팡이에 의지해 비틀거리며 강가로 걸어갔다. 고집이 서려 있는 단호한 몸짓, 할아버지는 사람들을 뒤로한 채 강을 마주 보고 섰다.

제스와 아빠는 그 뒷모습을 머쓱하게 쳐다봤다. 아빠는 집에서부터 싣고 온 휠체어를 만지작거리며 어쩔 줄 몰라 하고 있었다. 팽팽한 긴장감이 공기를 타고 흘렀다. 아빠는 할아버지를 대할 때마다 항상 긴장하곤 했다. 그 모습을 볼 때마다 제스는 할아버지가 왜 자기 아들에게 그렇게 냉정한지 못마땅하게 생각했다.

제스는 하늘을 올려다봤다. 해가 이미 산마루 위로 떠오르고 있었다. 아직 10시 30분인데도 계곡의 기온은 빠르게 높아지고 있었고, 하늘에 구름 한 점 없는 걸로 봐서 오늘도 찌는 듯한 무더위가 계속될 것 같았다.

그때 또다시 누군가의 시선이 느껴졌다.

'지금 누가 날 지켜보고 있어.'

하지만 둘러보면 여전히 아무것도 없었다.

아빠가 헛기침으로 말문을 열었다.

"아버지, 이러지 마세요. 아버지께서 휠체어를 타셔야 우리 모두 편해요."

할아버지는 뒤도 돌아보지 않은 채 강물 소리 속에서 간신히 들을 수 있는 목소리로 이렇게 내뱉었다.

"아직 걸을 수 있는데 장바구니처럼 이리저리 끌려 다니란 말이냐."

부엌에서 설거지를 하던 엄마가 창문 밖으로 머리를 내밀며 이렇게 소리쳤다.

"조금 이따 아버님을 모시고 한 바퀴 돌아볼 생각이에요. 아버님 옛집이 어디 있나 보게요."

"아무것도 없다. 몽땅 불타버렸어. 누가 썰렁한 공터를 보고 싶겠냐?"

"집터에도 안 가보시겠다고요?"

"안 간다."

"옛 친구분을 찾는 건요?"

"그 친구야 저 들어갈 무덤을 파고 있겠지. 아니면 벌써 거기에 누워 있을지도 몰라. 사실 어찌 됐든 별 상관없다. 달라질 건 없어. 그 친구 때문에 여기 온 게 아니니까. 난 그림을 그리러 왔다. 다른 볼일 있거든 가봐라. 난 그림이나 그리고 있을테니."

제스는 얼굴을 찡그렸다. 엄마가 보여준 후로 줄곧 이상하게 마음을 사로잡았던 그림. 그 이후로 다시 보진 못했지만 그 그림에 대한 여러 가지 생각과 의문점이 계속 제스를 따라다녔다. 무엇보다도 그림 속에는 없었던 '리버보이'의 존재감이 뇌리에서 떠나질 않았다.

할아버지는 곧 그 그림을 완성할 것이다. 아니, 완성하셔야만 한다. 할아버지의 인내심이 점점 사라지고 있으니까. 게다가 할아버지에게는 붓을 잡는 일이 꼭 필요했다. '내가 이렇게 비교적 멀쩡하게 정신을 유지하고 있는 건 다 그림 덕분이다'라고 흘리듯이 말한 적도 있었다.

그 말에 제스는 잠시 혼란스러웠다. 작업 중일 때의 할아버지는 즐거운 예술가라기보다는 침울한 예술가에 가까웠다. 할아버지에게 예술은 특별했고 그로 인해 고통스러워지기도 했다. 예술은 사랑과 경탄의 대상인 동시에 어떤 사람에게는 상처일 수 있다.

할아버지가 좀 더 즐겁게 작업할 수만 있다면……. 제스는 왠지 속이 상했다. 그렇지만 이해할 수 있을 것 같기도 했다. 자신이 그렇게 물과 수영에 몰두하는 것처럼, 할아버지는 그림에 몰두하고 있는 것이다. 제스가 진정한 자신을 느끼기 위해 물이 필요한 것처럼, 할아버지도 자신의 마음속 풍경을 표현하기 위해 붓을 잡는 걸 거다.

제스가 기억하는 한 할아버지는 언제나 붓을 들고 있었다. 그렇지만 자신의 재능이 가져다준 명성이나 돈에는 눈곱만큼도 관심을 기울이지 않았다. 평생을 그런 것들과는 동떨어진 삶을 살아왔다. 그러니 그림에 대한 열정이 사라지는 그날이 아마 할아버지의 삶이 끝나는 마지막 날일지도 모른다. 지금 아무리 힘들어한다 해도 아직 붓을 잡고 있는 게 더 다행스러운 일인지도 몰랐다.

"내가 여기 있을게요. 아빠랑 엄마는 나가보세요."

제스가 아빠에게 말했다. 어느 틈엔가 엄마가 밖으로 나와 거들었다.

"나도 별로 걷고 싶은 기분이 아니에요. 그레이 씨 댁에나 가보죠."

마침내 할아버지가 비틀거리는 몸을 지팡이에 의지하고선 제스의 눈을 바라보며 말했다.

"제스가 원한다면 함께 있으마. 너희 둘은 나가봐."

"하지만 괜찮을까요?"

"걱정 마라. 앞으로 몇 시간 동안은 죽지 않을 계획이니까."

"그러시는 게 좋을 거예요. 아버님 때문에 휴가를 망치긴 싫거든요."

엄마가 웃으며 말했다. 아빠가 눈을 부릅뜨며 엄마를 쳐다봤지만 할아버지도 그저 웃을 뿐이었다.

"좋아요. 이제 그레이 씨 부부를 보러 가죠. 제스는 할아버지 곁에 있을 거지?"

"괜찮겠니? 아빠가 있어도 돼."

그러자 엄마가 아빠의 팔을 툭 치며 말했다.

"괜찮을 거야."

제스는 그런 엄마를 보며 가볍게 웃었다.

"그럼 이따 봐요."

유쾌한 인사와 함께 엄마는 아빠가 뭐라 말하기 전에 서둘러 아빠의 팔짱을 끼고 공터를 빠져나갔다. 제스는 엄마 아빠의 뒷모습이 사라지는 것을 지켜보고 있다가 할아버지 곁으로 다가갔다.

할아버지는 어떤 생각에 골몰한 듯 멍하니 하늘을 응시하고 있었다. 그러다 문득 정신을 차리고는 손녀 쪽으로 고개를 돌렸다.

"제스, 네가 가서……."

"알아요. 말씀 안 하셔도."

제스가 대답했다. 어릴 때부터 줄곧 해왔던 일이었다. 할아버지의 물건을 챙기는 일은 제스에겐 일종의 소중한 의식이었다. 캔버스와 물감, 팔레트, 당장이라도 무너질 듯 삐걱거리는 이젤과 그보다 더 삐걱거리는 의자를 챙겼다. 특히 할아버지는 그 이젤과 의자를 각별하게 생각했다. 입버릇처럼 언젠가는 괜찮은 걸로 갈아 치우겠다고 말하면서도 실제로는 그 이젤이 없으면 그림을 그릴 수 없다고 했다. 의자도 너무 낡아서 사람들이 그렇게 앉아 있다가는 언제 땅으로 굴러떨어질지 모른다고 말했지만 할아버지는 꼭 그 의자를 고집했다. 그 밖에 붓과 수건, 테레빈유, 팔레트 나이프에 덤으로 차와 비스킷까지, 할아버지가 필요로 하는 모든 것을 준비했다. 완벽하게 작업 준비가 끝날 때까지 대체로 할아버지는 이것저것을 요구하는 편이었지만 일단 그림 그릴 준비가 끝나면 모든 정신을 그림에 집중했다. 어떤 것에도 마음이 흔들리지 않았다. 물론 손녀에게도 예외는 아니었다.

제스는 스스로도 이런 일들을 좋아하는 자신이 신기했다. 게다가 할아버지는 괴팍하기까지 한데. 사실 할아버지도 제스의 이런 마음을 알고 있었다. 할아버지는 처음부터 제스에게 도와달라고 부탁하지 않았지만 제스가 이 일을 중요하게 생각한다는 것을 알고 난 후부터는 항상 먼저 도움을 청했다.
그리고 지금, 제스는 그 사실이 특히 좋았다.

"할아버지, 어디 앉으실 거예요?"

"강 옆에. 거기 말고. 더 아래 더 널찍한 곳에. 오늘 아침 네가
수영하러 갔던 그 공터 말이다."

제스는 깜짝 놀라 뒤돌아보았다.

"어떻게 아셨어요?"

"눈으로는 못 봤지. 그때 난 자고 있었으니까."

"그럼 어떻게 아셨어요?"

할아버지가 웃었다.

"더 이상 알 필요가 없을 정도로 난 널 잘 알고 있다. 어떠냐,
수영하러 나갈 때도 엄마 아빠한테는 얘기 안 했지?"

"네, 그래도 짐작하셨겠죠. 할아버지처럼."

"어쨌든 결국 말하지 않고 나갔단 거 아니냐."

"말하려고 했는데…… 그럴 시간이 없었어요."

할아버지를 속이는 것은 불가능했다. 하지만 할아버지는
제스를 나무라지 않았다. 할아버지는 눈을 돌려 강 아래쪽을
아득한 눈빛으로 바라보았다.

"이 강은 안전해. 다른 강들과는 다르다. 너도 알고 있겠지
만 이 강은 물살이 너무 세지도 않고 그렇다고 약하지도 않아.
갈대를 평평하게 눌러주기에는 충분하지. 네가 천방지축처럼

행동하지만 않는다면 저 강물도 숙녀처럼 얌전해질 거다."

할아버지는 반대편으로 시선을 돌리며 턱을 위로 치켜들어 한 곳을 가리켰다.

"이 물은 저 꼭대기에서 시작된단다. 여기서는 안 보여. 여 긴 너무 낮으니까. 내가 조금만 더 젊다면 저 위로 널 직접 데 려갈 텐데."

제스는 불현듯 강한 호기심에 휩싸였다. 이미 그 강은 소녀 의 마음을 온통 차지하고 있었지만, 할아버지의 이야기는 그 마음에 훨씬 강한 불을 지폈다. 문득 그 이상한 느낌이 떠올랐 다. 누군가 주위에 있다는 느낌. 어쩔 수 없이 마음이 조금 불 편해졌다.

제스는 애써 그림으로 관심을 돌렸다.

"의자를 어디에 놓을까요?"

"따라와라."

할아버지는 지팡이에 몸을 의지한 채 엄마 아빠가 떠난 길 을 따라 비틀비틀 걸어 내려갔다. 제스가 부축하려고 급히 쫓 아갔지만 할아버지는 손을 내저었다.

"괜찮다. 그냥 의자나 가져와. 내가 저기에 도착하자마자 엉 덩이 밑에 깔고 앉을 게 필요하거든."

할아버지는 입을 굳게 다문 채 자신이 가고 싶은 곳에 시선 을 고정시켰다. 제스는 할아버지 곁에서 함께 걸었지만 혹시 말을 걸면 피곤해할까 봐 아무 말도 하지 않았다. 할아버지는 체중을 지팡이에 실어 힘겹게 땅을 찍어 누르면서 무거운 발걸음을 옮겼다.

제스는 할아버지가 넘어지지 않을까 조마조마한 마음으로 그 모습을 가만히 지켜보았다. 할아버지는 당혹스러울 만큼 휘청거렸지만 늘 그렇듯 하고 싶은 일을 하지 못하거나 가고 싶은 곳에 가지 못할 거라고는 결코 생각하지 않는 것 같았다. 이윽고 두 사람은 아침에 제스가 기어 올라온 그 공터에 도착했다. 할아버지가 발길을 멈췄다.

"여기다."

"여길 기억하세요?"

할아버지는 강 너머를 응시했다.

"항상 꿈꿨었지."

묘한 아쉬움이 묻어나는 목소리였다. 제스는 할아버지가 생전 처음으로 아련한 회상에 젖어드나 보다 생각했지만 할아버지는 곧이어 큰 소리로 외쳤다.

"자자, 빨리 서두르자. 내 몸이 완전히 망가지기 전에 의자를 갖다놔야지!"

제스는 둔치 옆, 할아버지가 원하는 곳에 의자를 세워두고 다른 물건들을 가지러 다시 별장으로 뛰어갔다. 그리고 반쯤 작업된 그 그림을 할아버지에게 건넸다. 그러면서도 리버보이에 대해서는 한마디도 묻지 않았다.

10분 뒤, 할아버지는 그림 그리는 것에 몰두한 듯했다.

할아버지는 아무 말이 없었다. 붓을 잡은 후 한 시간 정도는 저렇게 말을 하지 않는다. 표현하고 싶은 것에 온정신을 집중하기 때문인 것 같았다. 그러다가 어떤 식으로 그림을 그릴지 마음이 정해지고 나면 종종 제스에게 말을 걸었고, 심지어 작업하고 있는 그림이 어떤지 묻기도 했다.

그럴 때마다 제스는 자신의 의견이 무슨 도움이 될지 궁금했다. 보통 할아버지는 그림에 대해 질문하는 것을 싫어했고, 좋은 마음으로 관심을 보이는 사람들에게조차 통명스럽게 굴거나 대놓고 무례를 범하기도 했다. 아빠나 엄마조차도 예술을 이해하지 못하는 사람으로 취급할 때가 있었다. 그렇지 않은 것이 분명한 데도 말이다.

제스는 몸을 뒤로 젖힌 채 하늘을 올려다봤다. 그러면서 할아버지의 모순된 행동에 대해 곰곰이 생각했다. 내 생각이 왜 중요할까? 제스는 그림에 대해서는 아무것도 몰랐다. 그저 할아버지가 자신의 곁에 있을 때 좀 더 편하게 그림을 그린다는 것만 느낄 뿐이었다. 할아버지는 정말 나를 자신의 뮤즈로 생각하고 계신 걸까. 물론 엄마의 그 말이 없었다면 결코 떠올릴 수 없는 생각이긴 하지만 말이다.

할아버지는 점점 더 그림에 몰두했다. 좋은 징조였다. 보통 할아버지는 그림에 집중하려 할 때 사람들이 지켜보는 것을 싫어했다. 그림을 보여줄 준비가 되지 않았을 때 어깨 너머로 힐끗거리는 것도 몹시 부담스러워했다. 그것은 제스가 몇 년 동안 할아버지의 작업을 곁에서 지켜보면서 깨달은 사실이었다. 제스는 아무 말 없이 다시 하늘로 고개를 돌렸다.

그 후로 두어 시간이 지났다. 그런데도 할아버지는 여전히 그림에 열중해 계셨다. 열에 들뜬 사람처럼 손놀림이 몹시 빨랐다. 마치 마지막 혼신의 노력을 기울여 내면에서 그림을 쥐어짜 내려는 것 같았다.

그때 갑자기 할아버지가 붓을 땅바닥으로 내던졌다.

"이게 아니야. 이게 아니야!"

할아버지는 등을 꼿꼿이 세우고 앉아 그림을 노려보았다.

"제가 방해가 되나요, 할아버지?"

"아니다, 아니야. 너 때문이 아니야. 나 때문이다. 이 빌어먹을 것을 봐라."

"정말 봐도 돼요?"

"물론이야."

할아버지의 부릅뜬 눈이 제스를 향했다. 하지만 제스는 그 눈이 할아버지 자신과 그림을 쏘아보는 눈이라는 것을 알았다. 제스는 할아버지 뒤쪽에 서서 그림을 넘겨보고는 깜짝 놀라고 말았다.

여전히 강의 풍경이 그림을 지배하고 있었다. 그러나 예전과는 사뭇 달랐다. 둔치의 푸른빛은 짙어지다 못해 갈색 기운이 감돌았고, 창백했던 물빛은 금색과 은색, 파란색이 마구 뒤섞여 있었다. 그리고 강어귀로 빨려 들어가는 물줄기에서 안개가 소용돌이처럼 피어오르고 있었다. 바다를 향해 점점 넓어지는 강어귀 주변으로 묘한 긴장감이 느껴졌다. 그림은 여전히 막연했지만 예전보다 더 마음을 흔들었다.

그리고…… 소년은 없었다.

"여기가 어디예요, 할아버지?"

제스를 보는 할아버지의 눈이 순간적으로 번뜩였다. 화가 난 것일까……. 제스는 괜한 걸 물었다고 스스로를 탓했다. 마음속 풍경을 그토록 정성을 다해, 거의 명확하게 화폭에 담았는데 그런 질문을 하니 기분이 상하신 거야. 그림을 알아보지 못한다는 것 자체를 상상할 수 없으신 거야. 그러나 이번에는 제스가 틀렸다. 할아버지는 여전히 자기 자신에게 화를 내고 있을 뿐이었다.

"이 강, 지금 네가 보고 있는 강을 그리려고 했었다."

할아버지가 말했다.

"하지만 지금 이쪽은 아닌 것 같은데요."

"그래, 이쪽이 아니야."

할아버지가 알 듯 말 듯한 말을 내뱉었다.

"어쨌든 전 마음에 들어요. 정말이에요."

제스는 할아버지를 보며 미소 지었다. 그건 진심이었다. 그러나 할아버지는 더욱더 심하게 눈을 찡그릴 뿐이었다.

"이건 쓰레기다."

할아버지는 의자에 등을 축 기댄 채 움직이지 않았다. 제스는 어떻게 해야 할지 몰라 당황했다. 할아버지는 완전히 지친 듯했고, 뼛속 깊이 좌절감을 느낀 듯했다. 제스는 앞으로의 시간들이 할아버지뿐 아니라 가족 모두에게 힘든 시간이 될 거라고 생각했다. 그림을 완성한 후에도 무척 피곤해했지만 그림을 완성하지 못하면 상황은 더 나빠질 것이다. 내면에서 소용돌이치는 감정을 그림에 담아내기까지 끝없이 침울해하고 초조해하고 고민하곤 했던 할아버지가 아닌가.

"포기하지 마세요, 할아버지."

그러나 대답이 없었다.

"할아……버지?"

할아버지의 얼굴빛이 심상치 않았다. 곧 숨이 넘어갈 사람처럼 얼굴이 창백한 검은빛을 띠고 있었다. 곧이어 몸을 부들부들 떨더니 할아버지는 한 손으로 가슴을 움켜쥐었다.

"할아버지? 왜 그러세요, 할아버지!"

할아버지는 의식을 잃어가고 있었다. 제스는 할아버지가
의자에서 떨어지지 않도록 몸을 꼭 붙들고 소리쳤다.

"할아버지, 정신 차려요!"

할아버지의 눈이 제스를 향해 깜빡였지만 정말 제스를 보고
있는지는 알 수 없었다.

"제가 지금 가서 엄마 아빠를 데려올게요."

"아니…… 아니야."

할아버지가 웅얼거렸다.

"여기…… 여기 있어라. 내 옆에."

할아버지의 얼굴이 고통으로 일그러졌다. 제스는 할아버지
옆에 무릎을 꿇은 채 뭘 해야 할지 생각했다. 엄마와 아빠, 학

교에서 배웠던 응급처치, 전화는 어디 있을까…….

할아버지가 갑자기 눈을 크게 떴다. 간신히 의식이 돌아오고 있는 듯했다. 쉭쉭거리는 밭은 숨소리가 나더니 곧이어 크게 숨을 들이켜는 소리가 났다. 숨소리만 들어도 할아버지가 얼마나 고통스러운지 알 수 있었다.

"휠……체어."

할아버지가 헐떡이며 말했다.

"휠……체어."

"하지만……."

"휠체어를 가져와라. 일단 별장으로 가자……. 침대에 누우면…… 괜찮아질 거다."

할아버지는 다시 인상을 구기며 또 가슴을 부여잡았다.

"아, 지금 엄마 아빠를 데려올게요."

"아니!"

할아버지가 제스의 손을 있는 힘껏 꽉 쥐었다.

"난 내가 안다. 몇 분이면 괜찮아질 거야. 그냥 한 번씩 있는 일이다. 곧 지나갈 거야……. 이제 침대로 가서 쉬고 싶구나……. 약도 먹어야 하고."

할아버지가 이를 악물고 다시 부탁했다.

"휠체어…… 가져다주겠니?"

지금은 할아버지 곁을 떠나고 싶지 않다. 그러나 할아버지는 조금 전보다 더 거칠게 숨을 몰아쉬었다. 이제 얼굴은 백지장처럼 하얘졌다. 그래도 의식을 잃지는 않았다. 다시 한번 할아버지가 눈을 크게 떴다. 그래, 어쩌면 엄마 아빠는 벌써 별장으로 돌아왔을지도 모른다.

"할아버지, 기다리세요."

제스는 별장 근처로 뛰어가 엄마 아빠를 찾았지만 어디에도 없었다. 대신 놓고 간 휠체어가 그 자리에 그대로 놓여 있었다. 제스는 휠체어를 붙잡고 할아버지에게 달려갔다.

할아버지는 몸을 축 늘어뜨린 채 머리를 가슴 쪽으로 떨구고 있었다. 그러다 제스의 발소리를 듣고 고개를 들었다. 숨소리는 조용했지만 여전히 섬뜩할 정도로 얼굴이 창백했다.

"여기 휠체어요. 제가 도와드릴게요."

할아버지는 싫다고 했지만 제스는 아무 말 없이 할아버지의 겨드랑이 사이로 팔을 넣어 등을 감쌌다. 그러자 할아버지가 숨을 헐떡거리며 말했다.

"조심해라. 너무 무리하지 말고 안 되겠다 싶으면 그냥 내려놔……. 내가 어떻게든 할 수 있을 거다. 어떻게든…… 내가……."

"할아버지, 좀 조용히 하세요."

제스는 할아버지를 자신의 몸 쪽으로 끌어당겼다. 할아버지 역시 어떻게든 몸을 힘겹게 움직이고 있었다. 그렇다 해도 열다섯 살짜리 소녀가 들기에 할아버지는 너무 무거웠다. 체격이 크지는 않았지만 할아버지의 몸은 다부졌다. 게다가 젊은 시절에 지녔을 엄청난 기운의 잔재가 아직도 조금은 남아 있었다. 제스는 얼굴에 닿은 할아버지의 뺨을 의식하며 조금씩 조금씩 할아버지를 휠체어 안으로 옮겼다.

결국 할아버지는 휠체어에 풀썩 주저앉아 다시 한번 숨을 빠르게 헐떡거렸다. 다시 발작이 찾아온 것은 아닌지 두려웠다. 그때 할아버지가 괜찮다는 듯 제스에게 눈을 찡긋했다.

"고맙다."

할아버지는 고개를 돌려 강을 바라보았다.

"이제 난 괜찮다. 침대로 데려가다오."

제스는 얼굴을 찡그렸다.

전혀 괜찮지 않으시면서. 그렇기는커녕 상태가 심각하잖아요. 병원에 가야 해. 아니면 의사라도 불러서……. 별장에 전화가 있으면 지금 당장 엄마 아빠 휴대폰으로 연락이라도 할 텐데.

"자, 할아버지. 이제 돌아가요."

제스는 휠체어를 밀고 비탈을 올랐다. 할아버지는 아무 말도 하지 않았다. 그래도 또 다른 발작이 있을 것 같지는 않았다. 별장에 도착해 제스는 휠체어를 밀고 침실로 들어갔다.

할아버지가 제스를 돌아보았다.

"이제 내가 할 수 있다."

"아뇨, 할아버지는 못 하세요."

제스는 입씨름을 하는 대신 다시 몸을 숙여 두 팔로 할아버지를 감쌌다.

"내가 할 수 있대도."

할아버지는 그렇게 말하면서도 제스를 밀어내지는 않았다. 다리에 아주 약간 힘이 남아 있긴 했지만 혼자 일어설 정도는 아니었기 때문이다. 제스는 간신히 할아버지를 침대로 옮기고 나서야 할아버지를 이불 위에 눕혔다는 걸 깨달았다. 할아버지 몸 아래로 이불이 잔뜩 구겨져 있었다.

할아버지가 키득거렸다.

"우리 둘 다 여기엔 소질이 없구나, 그렇지?"

제스는 웃으려고 했지만 웬일인지 웃을 수 없었다.

"이불은 신경 쓰지 마라. 잠시 이렇게 누워 있고 싶구나. 약 좀 챙겨주겠니? 물도 좀 주고."

제스는 할아버지가 알약을 삼키는 동안 옆에서 컵을 들고 서 있었다.

"또 필요한 거 없으세요, 할아버지?"

"내 다리 좀 펴다오."

제스는 잔을 내려놓고 할아버지의 다리를 가지런히 편 다음 다시 할아버지를 바라보았다.

"담요 덮어드릴까요?"

"아니다. 너무 덥구나. 내가 알아서 하마. 게다가 담요 정도
는 내가 덮을 수 있어. 가서 그림 도구를 좀 가져오겠니? 이제
난 괜찮을 게다."

제스는 입술을 깨물었다. 어떻게 하는 것이 할아버지를 돕
는 최선의 방법일까……. 알 수 없었다. 그래도 뭔가를 해야 할
것 같았다. 당장의 위험은 지나간 듯했지만 안심할 수 없었다.
일단 한시바삐 엄마 아빠가 돌아오기를 바라면서 제스는 화
구를 챙기러 일어났다.

"제스."

할아버지가 불렀다.

"하나만 약속해다오."

제스는 다시 할아버지 곁으로 가 침대에 걸터앉았다.

"뭐든지요."

"엄마 아빠한테 오늘 있었던 일은 비밀로 해다오."

"그건 안 돼요."

"제스, 내 말 좀 들어보렴."

할아버지는 제스의 손을 잡고 눈을 뚫어져라 쳐다보았다.

"난 살날이 얼마 남지 않았다. 정말로 얼마 남지 않았어. 내
말이 무슨 뜻인지 알지?"

제스는 눈을 내리깔면서 고개를 끄덕였다.

"하지만 난 그림을 완성하고 싶단다. 여기서 완성하고 싶어.

병원으로 가고 싶지는 않다. 아직은 말이야. 그림을 완성하고 나면 그때는 모르지. 그다음에는 어떤 일이 생기든 상관없으니. 이해하겠니?"

솔직히 제스는 이해하고 싶지 않았다. 이 모든 것을 마음속에만 담아둔 채 비밀을 지키고 싶지 않았다. 그러겠다고 할아버지와 약속하고 싶지도 않았다. 제스는 엄마 아빠가 돌아오자마자 오늘 일어났던 일을 알리고 싶었고, 또 그래야 한다고 생각했다. 엄마 아빠도 할아버지를 사랑한다, 제스만큼이나. 하지만 할아버지는 그렇게 생각하는 것 같지 않았다. 지금은 그게 중요한 것이 아니라고 말하고 있었다. 제스도 그 사실을 잘 알고 있었다.

제스는 아무 말 하지 않은 채 이번에도 고개를 끄덕이고 말았다.

"이제 가서 도구를 가져오너라."

제스는 괴로운 내색을 하지 않으려고 애쓰며 방을 나왔다. 그런데 별장 앞에 엄마와 아빠가 서 있었다.

웬 나이 든 남자와 함께.

"알프레드 할아버지다."

아빠가 말했다.

"이 아이가 제스예요."

그가 반갑게 웃으며 아는 척을 했다.

"제시카를 줄인 이름이구나, 그렇지? 네 얘기는 많이 들었
다. 만나서 반가워. 난 제시카라는 고양이를 키우고 있단다, 하
하. 너처럼 수영을 잘하진 않지만 생선은 잘 먹지."

알프레드 할아버지가 불쑥 손을 내밀었다. 제스는 여전히
할아버지 걱정에 사로잡혀 있어 눈앞에 놓인 상황이 다소 당
황스러웠지만 반사적으로 그가 내민 손을 잡았다. 알프레드
할아버지의 손은 무척이나 컸다. 마치 제스의 손이 그 큰 손안

으로 사라져 버린 것처럼 보였다. 알프레드 할아버지는 제스의 할아버지만큼이나 나이 들어 보였고, 다소 괴짜 같기는 했지만 무척 친절한 사람 같기도 했다. 키가 컸지만 어딘가 엉성해 보였는데, 코로 말할 것 같으면 우연히 하늘에서 떨어진 점토 덩어리가 얼굴 한가운데 붙은 듯 크고 물렁물렁해 보였다. 제스는 알프레드 할아버지의 맑고 솔직한 눈빛을 보고 있으려니 문득 예전에 본 적 있는, 마술사를 정신없이 쳐다보던 어린아이가 떠올랐다.

알프레드 할아버지는 주위를 둘러보았다.

"이 강은 수영하기에 그만이지. 브레머스에는 좋은 해변도 있단다. 내 여동생이 거기 사는데 어찌나 좋아하는지 다른 곳에서는 살지 않겠다고 할 정도야. 동생도 고양이를 기르는데 이름은 제스퍼란다. 재미있지? 제시카와 제스퍼, 둘 다 '제' 자로 시작되는 이름이니 말이야."

알프레드 할아버지는 한번 입을 열자 도무지 멈출 줄을 몰랐다. 끊임없이 이야기를 해댔다. 남아프리카에 사는 형 이야기를 시작하더니 또 다른 여동생과 그의 남편, 런던에 산다는 그들의 자식들(게다가 네 명이나 됐다), 왜 그들이 런던 생활을 싫어하면서도 그곳에 살아야만 하는지에 대한 설명, 곧이어 자기 조카와 그 딸에 대한 이야기, 아직 손자들이 없어서 안타깝다는 이야기, 그러나 희망을 버리지 않았다는 이야기를 줄

줄이 늘어놓았다.

제스는 그 얘기를 듣는 동안 아무도 할아버지에 대해 묻지 않는 게 조금 속상했다. 엄마 아빠가 잠자코 있겠다면 이제 자신이라도 그만 알프레드 할아버지의 이야기를 멈추게 해야 했다.

엄마가 제스를 보며 미소 지었다.

"넌 상상도 못 할 거야. 우리가 그레이 씨 부부에게 알프레드 씨를 아냐고 물었더니, 글쎄 알프레드 아저씨가 바로 그레이 부인의 아버님이시지 뭐니."

"내 사위가 이 별장을 지었지."

알프레드 할아버지가 재빠르게 대화의 주도권을 가로챘다.

"사위는 브레머스 근처에 여러 채의 집을 가지고 있어. 좋은 친구야. 손재주도 있고. 사위하고 딸은 이 여름 별장들을 관리하느라 많은 일을 하고 있지. 그렇다고 큰돈을 버는 건 아니야. 그 애들은 너무 정직해서 사업에는 소질이 없거든."

"그런데 말씀을 들어보니 아저씨는 정말로 상황을 빨리 파악하시는 것 같네요."

"물론이지."

그러나 알프레드 씨는 엄마가 왜 그런 말을 했는지는 조금도 눈치채지 못한 듯했다.

"그나저나 그 늙은 친구는 어디 있나?"

84

"침대에 계세요."

제스의 말에 아빠가 순간적으로 긴장하는 기색을 드러냈다. 제스는 재빨리 말을 덧붙였다.

"쉬고 계세요."

아빠는 얼굴을 살짝 찡그리면서 물었다.

"할아버지는 어떠셨니?"

"괜찮으셨어."

제스는 눈을 돌리며 말했다. 거짓말이 들킬까 봐 아빠 얼굴을 제대로 마주할 수 없었다. 아마 내 눈을 본다면 아빠가 눈치채고 말 거야.

"그럼 들여다보고 올게요."

아빠가 알프레드 할아버지를 보며 고개를 까딱했다.

"나 때문에 방해하지 말게. 깨어 있다면 모르지만 서두를 것 없네. 60년 동안이나 못 보고 살았는걸. 한두 시간 더 늦게 본다고 달라질 건 없지. 여기에 있으면서 그 친구가 깰 때까지 잡담이나 나누면 되지."

그 말에 엄마와 제스는 잠깐 짧은 한숨을 내쉬었다.

"어쨌든 제가 가서 보고 올게요."

그렇게 아빠는 별장으로 들어가고 엄마가 알프레드 할아버지에게 미소 지으며 말했다.

"오셨다는 걸 알면 아버님이 기뻐하실 거예요."

"아니, 그럴 것 같지는 않네. 어렸을 때도 그 친구는 내게 통 시간을 내주지 않았거든. 지금도 별반 다르지 않을 거야. 사람이 변했다면 모를까. 하지만 그럴 가능성은 더 희박하지."

그 말에 제스는 알프레드 할아버지를 빤히 쳐다봤다. 비꼬거나 빈정거리기보다는 오히려 애정을 담아 하는 말이었다. 알프레드 할아버지의 어린 시절을 상상해 보았다. 아마 나이에 비해 몸집이 컸을 거야. 지금과 많이 비슷하겠지. 어딘지 모르게 엉성하고 사람 좋고 끊임없이 말하기 좋아하는.

그 모습을 상상하니 할아버지가 그를 되도록 피하려고 했겠구나 싶었다. 알프레드 할아버지가 다시 말문을 열었다.

"그 친구 성미는 좀 어떤가?"

"급하세요. 제스 외에는 누구에게나 그러시죠."

"그래?"

알프레드 할아버지가 몸을 돌려서 제스를 내려다보았다.

"음, 그 이유가 짐작이 가는구면."

제스의 얼굴이 순간적으로 빨갛게 달아올랐다.

그 순간 아빠가 별장에서 나왔다.

"일어나 계시네요. 하지만 상태가 정말 안 좋아 보이세요. 창백하고 기운 없어 보이고. 이불을 펴드리려 해도 평소와는 다르게 그냥 가만히 계셨어요. 뿌리칠 힘도 없으신지."

아빠는 제스를 쳐다봤다.

"할아버지 괜찮으신 거 맞니? 내내 너와 함께 계셨잖아. 말로는 그냥 피곤할 뿐이라고 하시는데 이상하구나. 그림을 완성한다고 하셨지, 아마?"

제스는 뭐라고 말해야 할지 몰라 당황했다.

"그림을 그리시긴 했어요. 그래서 지치신 것 같아."

"그럼 아직 다 완성하지 못하셨구나?"

"응."

아빠의 얼굴이 어두워졌다.

"계속 신경 쓰시겠구나."

제스는 알프레드 할아버지를 쳐다봤다. 저 할아버지 앞에서 이런 심각한 이야기를 해도 되는 걸까? 놀랍게도 알프레드 할아버지는 키득거리고 있었다.

"내가 때 맞춰 나타난 것 같구먼. 그 친구 마음 상태가 그 정도로 엉망이라면 전처럼 나한테 분풀이를 해댈 수 있겠구먼. 내가 자네들을 구해줄 수 있을 것 같네. 옛날과 똑같을 거야."

"그런 일이 생기도록 놔둬도 될지 모르겠네요."

아빠의 말에 알프레드 할아버지는 더 크게 웃을 뿐이었다.

"내게 미안해할 것 없네. 예전부터 그 친구는 항상 나를 공격했지. 내가 그 친구를 답답하게 만들었거든. 눈치챘는지 모르겠지만 내가 좀 말이 많은 편이야. 다들 그렇게 말하더군. 뭐 항상 그랬네. 하지만 그 친구는…… 글쎄 항상 자기 생각 속에 갇혀 사는 편이었지. 말수가 적었어. 내 말뜻 이해하겠나? 문제는 그 친구가 이 근처에 사는 유일한 남자아이였다는 거야. 그래서 난 항상 그 친구를 찾아가 함께 시간을 보내곤 했지. 하지만 그 친구가 나와 함께 있는 걸 썩 좋아했다고는 생각하지 않아. 그러니 나한테 고약하게 구는 것에 익숙할 수밖에. 난 예전에도 별로 신경 쓰지 않았고 지금도 신경 쓰지 않네. 모든 게 예전과 똑같을 거야."

아빠는 난감하다는 듯 고개를 흔들었다.

"그렇게 되지 않기를 바라야죠. 아무튼 아저씨가 오셨다고 말씀드렸어요. 별로 놀라지 않으시던데요."

"내가 아직 살아 있다는 사실에만 놀라던가?"

"아, 네. 그런 비슷한 말씀을 하시긴 했어요. 아무튼 아저씨를 침실로 모셔 와도 좋다고 하셨어요."

제스가 아빠의 팔을 잡았다.

"아빠, 산책 좀 다녀와도 돼요?"

"산책? 어디로?"

"그냥 좀 둘러보고 싶어."

"그럼 아까 함께 갈 걸 그랬네. 그때 따라오지 그랬니?"

"그땐 할아버지 곁에 있어야 할 것 같았어. 제발, 아빠. 멀리 가지 않을게요."

"글쎄, 혼자 다니는 건 좋지 않단다."

"왜?"

"왜냐하면……."

아빠는 알프레드 할아버지를 쳐다봤다.

"여기는 낯선 곳이고, 또 뭐가 있는지 모르고……. 만약 혹시나……."

알프레드 할아버지가 아빠의 마음을 짐작하고는 앞서서 말했다.

"제스는 안전할 걸세. 위험한 짓을 하거나 너무 멀리 가지 않는다면 말이지. 이곳의 유일한 문제점은 그뿐이야. 무슨 일이 생겼을 때 몇 킬로미터 안에는 도와줄 사람이 아무도 없다는 거."

순간, 제스는 아침에 느꼈던 그 느낌이 떠올랐다. 누군가 있다는 느낌. 상상이라고 하기에는 너무도 확실한 느낌. 그러나 그 느낌에 대해서는 아무 말도 하지 않고 산책을 나가기로 결심했다.

알프레드 할아버지가 제스를 유심히 뜯어보았다.

"제스는 괜찮을 걸세. 생각이 깊어 보여. 사실 여길 한 바퀴 돌아보는 것도 괜찮지. 조금 심심하기는 해도 나 혼자만의 공간에 와 있다는 기분이 그런대로 괜찮거든. 비록 혼자라서 기분이 조금 가라앉기는 하지만. 나 역시 딸과 사위가 외출하면 울적한 기분에 젖기도 한다네. 이야기 상대가 아무도 없으니까. 하지만 화요일과 일요일마다 브레머스에 사는 여동생이 놀러 오네. 그리고 수요일에 우리는……."

"하지만 강이 위험하지 않나요?"

알프레드 할아버지가 이야기를 풀어놓기 전에 아빠가 재빨리 끼어들었다.

"제스는 강에 들어가려고 할 거예요. 수영하기에 좋다고 하셨지만 정말로 안전한가요?"

"수영을 잘한다면 얼마든지. 자네 딸이 유일하게 걱정해야 할 건 지루함이야. 근처에 또래 사내아이가 하나도 없거든."

알프레드 할아버지가 눈을 찡긋하며 대답했지만 제스는 그 짓궂은 눈을 피하면서 조그맣게 말했다.

"그런 건 아무래도 괜찮아요."

제스는 그 순간 너무도 간절히 혼자가 되고 싶었다. 할아버지에 대한 불안감을 지우기 위해 혼자만의 시간이 필요했다. 할아버지에게도 저 수다스러운 친구 대신 혼자만의 시간이 필요할 거야. 할아버지는 다시 한번 붓을 잡을 수 있게 할 힘과 자신감 회복이 필요했다. 제스는 멀리서도 지금 할아버지가 느끼고 있을 좌절감을 알 수 있었다. 그리고 한 번만 더 발작이 일어나면 할아버지가 생명을 잃을 수도 있고 그토록 갈망하던 것을 이루지 못할 수도 있다고 생각하니 몹시 두려워졌다.

아빠는 여전히 제스 혼자 산책하는 걸 못마땅해했지만 더 이상 말리지 않았다. 그리고 주저주저하면서 결국 알프레드 할아버지와 함께 집 안으로 들어갔다. 엄마는 좀 더 제스 옆에 서 있었다.

"샌드위치 싸 갈래?"

"아니. 난 그냥……."

"알았어. 좋아. 하지만 조심해야 한다. 알았지?"

엄마는 제스의 팔을 가볍게 어루만지다가 안으로 들어갔다. 제스는 약간 죄책감을 느꼈지만 여전히 그 자리를 떠나고 싶어 참을 수가 없었다. 이런 욕구는 사실 아침부터 계속됐고 바로 지금이 그 기회라고 생각했다.

제스는 아까 휠체어를 미느라 풀밭에 그대로 놔두고 온 붓이며 팔레트들을 다시 챙겨서 별장에 도로 갖다 놓고는 비탈을 힘차게 뛰어 올라갔다.

할아버지는 저 위 어딘가에서 강이 시작된다고 말했었다. 제스는 그곳을 찾고 싶었다. 이유는 알 수 없었다. 할아버지에 대한 걱정과 혼자서는 감당하기 힘든 비밀, 엄마 아빠를 속였다는 죄책감 등을 떠안게 되자 끝을 떠올리게 하는 게 아닌, 무언가가 처음으로 시작되는 곳에 가보고 싶어진 것일 수도 있었다. 인간의 삶보다 더 오래 지속되는 어떤 것을 생각하고 느끼고 싶어진 것일 수도 있었다.

영원하지는 않지만 그래도 좀 더 생명력이 오래가는 것. 물론 제스는 그런 것들도 언젠가는 사라져 버린다는 것을 알고 있었다. 인정하고 싶지는 않았지만 나무도 때가 되면 시들고 바위는 조금씩 부서지고 우렁차게 흐르던 시냇물도 언젠가는 말라버릴 것이다.

그러나 지금 이 순간만큼은 자연의 삶이 마치 영원할 것처럼 느껴졌다. 그리고 그 느낌은 제스를 한없이 평온하게 만들었다.

물론 할아버지는 이런 기분을 느낄 시간이 없었을 것이다. 할아버지는 이렇게 말했다. 단 하루도, 1분 1초도 미래나 과거를 생각하는 데 허비하지 말고 현재를 살아가는 데 집중하라고. 용감한 전사가 되라고 말이다.

그것이 제스의 기억 속에 존재하는 할아버지의 모습이었다. 용감한 전사, 항상 삶을 꽉 부여잡은 채 필사적으로 살아가는 사람, 자신의 모든 것을 삶에 걸어온 남자. 그런데 지금 그러한 삶이 기울어 가고 있었다. 이제 할아버지는 과거를 돌아보고 자신이 해온 일들을 곱씹어 보는 그런 은혜의 순간을 스스로에게 허락할까. 제스는 불현듯 궁금해졌다.

아마 아닐 것이다. 아마 할아버지는 끝까지 현재 속에서 살아갈 것이다. 그리고 그다음엔…….

아니, 그다음은 생각하고 싶지 않다.

그러나 그 일은 곧 다가올 것이다.

걷다 보니 발걸음이 점점 무거워졌다. 강이 시작되는 곳을 찾지 못해도 이렇게 아름다운 풍경이라면 계속 걸을 만한 가치가 있다고 제스는 스스로에게 속삭였다. 희미하긴 해도 길은 꾸준히 이어져 강줄기를 따라 비탈 위쪽까지 나 있었다. 운이 좋다면 그 길 끝에 강물의 발원지가 있을지도 모른다. 이 길이 제스를 그곳으로 이끌지도 모른다.

제스는 잠시 숨을 고르기 위해 걸음을 멈추고, 조금 전 자신이 떠나온 곳으로 콸콸 흘러 내려가는 물줄기의 아름다운 노랫소리를 음미했다. 그런 뒤, 눈을 가늘게 뜨고 언덕을 다시 한번 올려다보았다.

높은 지대는 키 큰 나무들로 빽빽했다. 나뭇잎들은 바람에 이리저리 몸을 흔들면서 하늘을 스쳐 지났다. 그곳 너머는 바위가 훨씬 더 많았다. 올라갈수록 나무는 점점 더 듬성듬성해졌다.

제스는 지금의 할아버지를 생각하며, 그리고 이 길을 몇 번은 오르내렸을 어린 시절의 할아버지를 생각하며 또다시 발걸음을 재촉했다. 어쩌면 할아버지는 알프레드 할아버지와 함께 이곳에 올랐을지 모른다. 그때의 할아버지는 지금보다도 더 외톨이었을 테고, 지금과 마찬가지로 다른 사람과 함께 있는 것을 못 참았을 게 뻔하다. 그러니 아마도 이곳에는 대부분 혼자 왔을 거라고 생각했다. 제스처럼 할아버지도 형제 자매가 없었다. 제스처럼 혼자 있는 것을 즐겼고, 또 그럴 수밖에 없기도 했다. 틀림없이 할아버지는 어렸을 때도 지금과 똑같았을 것이다.

사람들은 그 시절 할아버지의 삶에 대해서 별로 아는 게 없었다. 할아버지는 그때 얘기를 아무에게도(아빠에게조차) 하지 않았고 혹시 누가 묻기라도 하면 이런 대답으로 얼버무릴 뿐이었다.

"거기에 대해서는 말할 게 없다. 진짜 존재하는 것은 현재뿐이고 과거와 미래는 단지 현재를 좀먹을 뿐이야. 그건 아무것도 주는 것 없는 날강도에 불과해."

그래서 제스 역시 할아버지에게 아무것도 물어보지 못했다. 할아버지의 과거나 미래, 예술에 대해서, 할아버지의 부모님을 앗아간 화재에 대해서, 아빠가 다섯 살 됐을 때 돌아가셨다는 할머니에 대해서도, 그래서 아빠마저도 거의 기억하지 못하는 그분에 대해서……. 때로는 물어보고 싶은 마음이 간절했지만 결국에는 입을 꼭 다물고 말았다.

가끔 제스는 할아버지가 터무니없는 이유로 다른 사람들을 귀찮아한다고, 냉소적으로 생각하곤 했다. 다른 사람들보다 자기를 더 곁에 두는 이유는 오직 자신이 남들보다 할아버지를 덜 귀찮게 하기 때문이라고 생각했다.

그러나 그런 생각을 자주 하지는 않았고 오래가지도 않았다. 할아버지의 눈에는 무엇인가가 있었다. 할아버지 자신도 숨길 수 없는 어떤 것. 할아버지가 말로는 표현하지 않는 어떤 것. 그래서 제스는 냉소적인 의심을 거두곤 했다.

제스는 정상까지의 거리를 가늠해 보며 타박타박 언덕을 올랐다.

아직 갈 길이 좀 남았다. 제스는 잠시 고민했다. 여기서 되돌아가야 할까, 내일 다시 오는 게 나을까. 너무 늦게까지 밖에 있으면 엄마 아빠가 걱정할 게 분명했다.

하지만 아직은 돌아가고 싶지 않았다. 오히려 계속 가보고 싶은 충동이 컸다. 제스는 서둘렀다. 강물은 아직도 힘차게 흐르고 있었지만 한 발 한 발 내딛을 때마다 폭이 점점 좁아졌다. 100미터만 더 가면 이 물줄기는 완전히 사라질 것이다.

제스는 멈추어 서서 비탈을 내려다보았다. 별장은 이제 정말 아스라하게 보인다. 그나마 계곡 줄기 때문에 간신히 위치를 알아볼 수 있을 정도였다. 제스는 손목시계를 봤다.

3시. 이제 정말 돌아가야 할 시간이었다. 언덕을 다시 한번 살펴보니 이제 나무보다는 바위가 훨씬 더 많이 눈에 들어왔다. 정상에 가까워진 게 분명했다. 하지만 숲이 끝날 조짐은 보이지 않았다. 그 후로 100미터쯤 더 갔을까. 물줄기의 폭은 많이 좁아졌지만 여전히 빠르고 강하고 우렁찼다.

제스는 강의 시작점을 찾겠다는 유혹을 뿌리치지 못하고 계속해서 걸었다. 숲은 더 빽빽해졌고 공기는 더 습하고 음산해졌다. 가슴이 답답했다. 이곳을 빨리 벗어나야겠다는 생각에 걸음을 서둘렀다. 그때 갑자기 약속이나 한 듯 한순간에 눈앞의 나무들이 몽땅 사라졌다. 그 대신 놀랍게도 한 쌍의 암벽 사이로 매끈한 협곡과 수십 미터에 이르는 커다란 물 웅덩이가 모습을 드러냈다. 협곡으로 떨어진 물은 바닥이 완만하고 넓은 지대에서 천천히 흐르며 잠시 고여 있다가 그곳을 지나자마자 빠른 속도로 흘러 내려갔다. 협곡 저 위로는 10미터 높이의 폭포가 당당한 모습을 뽐냈고, 폭포의 물줄기는 쉬지 않고 주위의 돌들을 말갛게 씻기고 있었다.

제스는 믿기지 않는 기분으로 그 광경을 바라보았다. 살펴보니 이곳은 다른 곳보다는 넓고 물살이 센, 강 자체의 한 지류였다. 단단한 돌들 너머로 바닥이 급격하게 푹 꺼져 있어 강물은 비탈을 따라 힘차게 아래로 흘렀다.

강줄기는 저 위 어딘가에서 처음 시작되는 게 분명했다.

제스는 웅덩이 가장자리를 엉금엉금 기었다. 울퉁불퉁한 지면을 더듬거리며 발 디딜 곳을 찾았다. 그러면서도 시선은 반짝이는 수면을 향했다. 물은 바닥 끝까지 맑았고 무척 깊었다. 물의 한가운데는 그 깊이가 적어도 3~4미터 정도는 돼 보였다. 하지만 폭포수가 떨어져 소용돌이치는 부분은 그보다 더 깊어 보였다.

물은 저 위쪽 폭포에서 세차게 떨어져 콸콸 흘러 내려오다가 바닥이 급격히 높아지는 곳에서 잠시 속도를 늦추며 고여 있었다. 그러다가 다시 그곳을 넘어 숲속으로 힘차게 흘러 내려갔다. 특히 폭포 정상에서 흘러내리는 물살은 잠깐 동안 소용돌이치다가 급류의 강력한 힘에 이끌려 한순간 밑으로 빨려 들어갔다.

제스는 그 강력한 흐름을 바라보다가 이제는 집에 가야 한다는 생각에 퍼뜩 정신을 차렸다. 이미 너무 오래 집을 떠나 있었던 것이다. 그런데도 발은 쉽사리 떨어지지 않았다. 별장 주변을 감싸고 있던 신비한 힘이 여기, 이곳에도 있었다. 강이 쓰다듬고 지나는 모든 길, 주변의 모든 것에 그 마술 같은 힘이 깃드는 듯했다. 그럴수록 제스는 강이 시작되는 곳에 가고 싶어 좀이 쑤셨다. 그때 그 이상한 느낌이 또다시 제스를 덮쳤다.

누군가가 있다.

이번에는 아주 가까이에 있다.

그러나 느낌만 강렬할 뿐 말로 설명할 수는 없었다. 주변에는 아무것도 없었고, 마주친 사람도 없었으며, 실제로 인기척이 들리지도 않았다. 그러나 그 느낌은 언제나처럼 강렬했다. 제스는 연못과 바위와 나무들 이곳저곳을 두리번거리며 살폈다. 아니, 말도 안 되는 얘기다. 알프레드 할아버지가 이 근방 몇 킬로미터 안에는 아무도 살지 않는다고 했다. 그렇기에 더욱 불안했다. 정말 이 근처에 누군가 있다면, 만약 그 사람이 나쁜 마음을 먹었다면, 누구에게 도움을 청해야 할까. 제스는 지금 완전히 고립된 곳에 있었다.

제스는 주먹을 움켜쥐면서 스스로의 상상에 빠져들지 말자고 다짐했다. 아무것도 아닐 거야. 만약 누군가 있다 해도 나처럼 산책을 좋아하는 마음 착한 사람이겠지. 너무나도 조용한 숲속에 혼자 있다 보니 오히려 누군가가 있는 것처럼 느껴진 것일지도 몰랐다. 어쩌면 지금껏 제스는 줄곧 혼자였을지도 모른다.

그때 그가 불쑥 모습을 드러냈다.

폭포 꼭대기에 푸른 하늘을 배경으로 서 있는 소년. 키가 무척 컸고, 햇빛이 눈부신 탓에 정확한 모습을 볼 수는 없었지만 소년인 것은 분명했다. 소년은 검은 반바지만 입고 있었다. 아니, 사실 그조차도 확신할 수 없었다. 어떻게 해야 할까. 제스는 소년이 자신을 봤는지 못 봤는지 알지 못한 채 가만히 서서 그를 응시했다.

소년은 움직이지 않았고 제스를 바라보는 것 같지도 않았다. 마치 자신이 물의 일부인 것처럼 그저 미동 없이 그곳에 서 있을 뿐이었다. 문득 제스는 소년이 계곡의 가장자리가 아니라 급류 한가운데 서 있다는 것을 깨달았다. 어떻게 된 일이지? 저 강력한 물살 속에서 어떻게 저렇게 고요히 서 있을 수 있는 거지?

더 자세히 보기 위해 눈을 부릅떴지만 햇빛 때문에 눈에서 눈물이 흐르기 시작했다. 눈을 몇 번 깜빡이고 문지른 뒤 다시 소년을 향해 고개를 들었다.

그러나 소년은 이미 사라지고 없었다.

어떻게 된 일일까? 제스는 그 후로 몇 분 동안 자리를 뜨지 않고 주위를 살피며 귀를 기울였다. 소년이 다시 나타나기를 기다렸지만 그는 어디에도 없었다. 제스는 갑자기 불안하고 초조해져서 급히 별장을 향해 내달렸다.

엄마 아빠를 걱정할 필요는 없었다. 두 사람 다 알프레드 할아버지와 함께 할아버지 방에서 한 발자국도 벗어나지 못했을 뿐만 아니라 알프레드 할아버지 때문에 도무지 다른 곳에 신경 쓸 틈이 없었다. 제스에게는 다행스러운 일이었다. 그리고 할아버지에게도 다행스러운 일이었다. 예전에 알프레드 할아버지를 얼마나 싫어했는지는 알 수 없지만 사실 할아버지에게는 지속적인 자극이 필요했다. 알프레드 할아버지가 그 역할을 도맡아 준다면 제스에게도 기쁜 일이었다.

제스는 생각할 시간이 필요했다.

물론 리버보이에 대해서는 누구에게도 말하지 않았다. 그랬다. 어느새 제스는 그를 그렇게 부르고 있었다. 곧이어 그 소년의 이미지에 할아버지의 그림이 겹쳐졌다. 그것이 제스의 마음을 불안하게 했다.

제스는 할아버지 방에 오래 머물지 않고 곧장 부엌으로 나왔다. 엄마가 남겨놓은 롤빵을 먹는 내내 별장 옆을 질주하는 물소리와 끊임없이 이어지는 알프레드 할아버지의 목소리가 귓전을 때렸다. 맙소사, 알프레드 할아버지는 도무지 이야기를 멈출 줄 모른다. 아무도 그의 이야기를 끊지 못했다. 예전의 할아버지라면 버럭 소리쳐 그 입을 막아버렸겠지만 오늘은 할아버지도 기진맥진한 상태였다. 그렇다면 엄마 아빠가 나서서 상황을 마무리 지어야 할 텐데 문틈으로 엿보니 어쩌지 못하고 있는 듯했다.

방 안에는 긴장된 기운이 감돌았다. 마치 조금 전에 막 언쟁을 끝낸 것 같은 분위기였다. 정말 어떤 다툼이 있었다면 아마도 할아버지 때문이었으리라. 엄마 아빠가 할아버지에게 병원에 가서 검진을 받거나 아니면 별장으로 의사를 부르겠다고 설득했을 것이다. 그래서 할아버지가 짜증을 냈겠지. 그러나 제스는 엄마 아빠를 비난할 수 없었다. 엄마 아빠 말이 맞다. 할아버지는 그림을 완성하겠다고 저렇게 고집을 부리지만 적절한 치료를 받지 못하면 그림은커녕 다시는 붓을 잡기도 힘들 것이다.

그럼에도 할아버지는 거절했을 게 뻔했다. 그것도 아주 무례하게. 그래서 분위기가 그렇게 어색해진 것이겠지. 아니면 단순히 알프레드 할아버지가 있기 때문에 분위기가 달라진 것일 수도 있다. 사실 알프레드 할아버지는 사람을 조금 짜증 나게 했다. 특히 제스를.

이윽고 방문이 열리는 소리가 나더니 저벅저벅 발자국 소리가 들렸다. 아빠와 엄마가 나왔고 그 뒤를 이어 알프레드 할아버지가 나왔다.

"내일 아침에 다시 들러서 자네 아버지와 조금 더 시간을 보낼 거야. 그럼 자네들은 딸과 함께 있을 수 있고 주변을 둘러볼 시간도 좀 생기겠지."

"감사한 말씀이지만 폐를 끼치고 싶지는 않아요."

알프레드 할아버지의 말에 엄마가 재빨리 대답했다. 제스는 그 말을 듣고 안도의 한숨을 내쉬었으나 알프레드 할아버지는 눈치채지 못한 게 분명했다.

"이런, 폐라니. 무슨 폐가 된다고 그래. 난 기꺼이 돕고 싶네. 그 친구도 악담을 들어줄 다른 사람이 필요하지 않겠나?"

그러고는 엄마 아빠가 대답하기도 전에 갑자기 몸을 돌려 제스를 바라봤다.

"어디 좋은 곳에 다녀왔니?"

그때 제스는 할아버지와 그림과 폭포에서 만났던 소년을 생각하고 있었다.

"뭐 특별한 건 없었어요."

"수영은 했니?"

"아뇨."

제스는 잠깐 머뭇거리다가 아빠를 바라보며 말했다.

"할아버지 보러 가도 돼?"

"빵을 조금밖에 안 먹었구나. 마저 먹고 가렴."

"배고프지 않아요, 아빠. 잠깐 할아버지 좀 보고 올게."

"아마도 곯아떨어지셨을 거다. 우리 때문에 많이 피곤하셨을 거야."

제스는 할아버지와 한 약속과 병색이 짙은 할아버지의 얼굴을 동시에 떠올리고는 하고 싶은 말을 꿀꺽 삼켰다.

"주무시면 바로 돌아올게요."

제스는 이렇게 말하고는 누군가가 자신을 불러 세우기 전에 서둘러 자리를 떴다.

눈을 감은 채 누워 있던 할아버지는 제스의 발자국 소리를 듣고는 가늘게 눈을 떴다. 그러고는 손을 내밀었다. 제스는 그 손을 잡은 채 침대 옆에 무릎을 꿇고 앉았다. 할아버지가 중얼거렸다.

"도와주렴, 도와줘."

그 말을 끝으로 할아버지는 곧 입을 다물었다. 사실 그럴 필요도 없었다. 할아버지 얼굴에는 고통 말고는 아무것도 서려 있지 않았다. 할아버지는 제스에게서 얼굴을 돌려 천장을 응시했다.

왠지 눈물이 쏟아질 것 같았다. 제스는 혹시 할아버지가 볼까 봐 재빨리 고개를 숙였다.

"제가 도와드릴게요, 할아버지."

할아버지는 지금 온통 그림 생각뿐이다. 할아버지의 마음을 괴롭히는 건 바로 저 그림이다. 제스는 손을 뻗어서 할아버지의 머리를 부드럽게 쓰다듬었다. 그러자 할아버지가 다시 제스에게 얼굴을 돌렸다.

"다 잘될 거예요, 할아버지."

제스가 조용한 목소리로 말했다.

할아버지의 눈이 갑자기 뿌옇게 흐려졌지만 결국 아무 소리도 들을 수 없었다.

제스는 할아버지 방에서 나와 부엌으로 들어갔다. 아무도 없었다. 하지만 부엌 창문을 통해 아직도 문밖에 있는 알프레드 할아버지가 보였다. 엄마와 아빠는 할아버지를 돌려보내려고 애쓰고 있는 참이었다. 그래도 제스는 엄마 아빠가 알프레드 할아버지를 별장 밖으로 이끌어 냈다는 사실에 이미 감탄하고 말았다.

어쨌든 알프레드 할아버지는 곧 떠날 모양이었다. 그러나

한 걸음 내디딜 때마다 새로운 이야기가 생각나는지 이내 발걸음을 멈추곤 했다. 제스는 적어도 이번만큼은 엄마 아빠가 덜 예의 바르길 바라며 그 모습을 지켜봤다. 시간이 얼마나 흘렀을까. 결국 알프레드 할아버지는 정말로 집으로 돌아가려는 듯했다. 엄마 아빠가 더 이상 부추길 필요도 없었다. 그럼에도 혹시 또 다른 이야기를 시작할까 봐 그가 등을 보이자마자 엄마 아빠는 허둥지둥 집으로 들어왔다.

아슬아슬한 순간이었다. 엄마 아빠가 별장 문을 닫자마자 알프레드 할아버지가 또다시 몸을 돌리며 엄마 아빠를 불렀다. 제스는 알프레드 할아버지가 자신의 얼굴을 못 봤기를 바라며 재빨리 몸을 숨겼다. 결국 알프레드 할아버지는 다시 방향을 돌려 터벅터벅 길을 따라 내려갔다.

그때 제스의 머릿속에 중요한 질문이 하나 떠올랐다. 아아! 제스는 부엌을 황급히 뛰쳐나가다가 밖에서 막 들어오고 있는 엄마 아빠와 마주쳤다.

"무슨 일이니, 제스? 뭐가 그리 급해?"

"알프레드 할아버지한테 물어볼 게 있어."

"음, 대답은 원 없이 들을 수 있겠구나."

제스는 그 말에 웃음을 터뜨리며 다시 몸을 문밖으로 내밀었다. 그때 아빠가 제스의 팔을 잡았다.

"제스, 정말이지 이런 말 하고 싶지 않다만······."

"알아요, 아빠. 알프레드 할아버지를 다시 집에 데려오지 말라는 거지?"

아빠가 조금은 민망한 듯이 웃었다.

"좋은 분이신데…… 가랑비에 옷 젖는다고 꽤 지치는구나."

제스는 고개를 끄덕이고 후다닥 집을 나와서 공터를 가로질렀다. 강과 반대 방향인 계곡 언덕 쪽으로 휘어져 난 길을 따라 달렸더니 얼마 지나지 않아 알프레드 할아버지를 따라잡을 수 있었다. 할아버지는 말하는 것만큼이나 걸음도 느렸다. 그러나 제스가 뛰어오는 소리를 듣고 그 자리에 멈추어 서서 뒤를 돌아봤다.

"이게 누구야? 제시카 양이 아닌가."

알프레드 할아버지가 진지한 눈으로 제스의 얼굴을 들여다보면서 눈을 찡긋했다.

"네가 단 하루 만에 나한테 두 손을 든 줄 알았는데."

제스는 이 할아버지가 농담으로 그리 말했길, 자신의 속마음을 들킨 게 아니길 빌며 바닥으로 시선을 돌렸다.

"여쭤볼 게 있어요."

"어서 물어봐. 난 해줄 수만 있다면 늘 질문에 답하는 걸 좋아하니까. 경우에 따라서는 대답할 게 없을 때도 그래."

알프레드 할아버지는 혼자 키득키득 웃었다. 그리고 자신이 시작한 얘기에 더 자세한 설명을 덧붙이려는 듯 숨을 깊이 들이마셨다. 하지만 눈치 빠른 제스가 곧바로 질문을 퍼부었다.

"이 근처에 사람들이 별로 없다고 하셨죠?"

"맞아. 무척 아쉽게도 네 또래는 없지. 아무튼 젊은 사람은 없단다. 브레머스는 다르지만. 브레머스에는 젊은 사람들이 꽤 있어. 거긴……."

"하지만 저는 봤는걸요. 제 말은요, 그러니까…… 제 또래의 아이를 봤어요."

"흠, 벌써 지루해진 게냐? 겨우 하루 있었을 뿐인데. 그래서 난 이곳에 십 대들을 데려오는 걸 반대하지. 형제 자매나 친구가 있다면 또 모르지만. 네 또래 애들은 새나 꽃을 보면서 시간 때우는 법을 모르잖아."

"그렇지만 알프레드 할아버지도 어렸을 때 그렇게 시간을 보내셨잖아요. 그리고 우리 할아버지도요. 여기서 사실 때 말이에요."

알프레드 할아버지는 턱을 가볍게 두드렸다.

"그렇지. 하지만 그것도 함께 놀 친구가 있었을 때 얘기다. 그때나 그런 걸 좋아했지."

친구란 우리 할아버지를 말하는 거겠지. 얼마나 팽팽한 분위기였을지 불을 보듯 뻔했다. 한 소년은 친구를 원하고 한 소년은 혼자 있기를 그토록 원했으니. 제스는 애초에 물어보고 싶던 질문은 하지도 않았는데 얘기가 엉뚱한 방향으로 흐르고 있음을 깨달았다.

"그러니까, 이 근방에 제 또래가 한 명도 없다는 말씀이신 거죠?"

"그렇지. 몇 킬로미터 이내에는. 그렇지만 브레머스에는 청소년 클럽도 있고, 걔네들이 정확히 뭐라고 부르는지는 모르겠다만 춤추는 곳도 있단다. 젊은 사람들이 시끌벅적 몰려다니는 읍내에는 패스트푸드점이라는 곳도 있지. 하지만 여긴 아냐. 너무 조용해. 아무 일도 일어나지 않는다고."

제스는 확실히 못을 박기 위해 알프레드 할아버지를 빤히 쳐다봤다.

"그럼 남자애는 없다는 거죠?"

"남자애? 없어. 확실하다."

제스는 고개를 돌렸다. 이제 집으로 가야 했다. 알프레드 할아버지는 자신이 알고 있는 모든 것을 알려준 것 같았다. 게다가 또래 아이니 남자아이니, 이런저런 이야기를 물어본 탓에 벌써 제스에 대해 엉뚱한 상상을 하고 있는지도 모른다.

제스는 더 이상 질문을 해야 할지 말지 정하지 못한 채 알프레드 할아버지를 다시 한번 쳐다봤다.

"여기엔…… 관광객이 많나요?"

"관광객? 많지 않지. 하지만 브레머스에는 많아. 모름지기 여행 온 사람들은 해변을 따라 걷는 걸 좋아하거든. 내 여동생이 이렇게 늙기 전에는 브레머스 배낭여행 협회 회장이었어. 나야 결코 따라다니지 않았지만 말이야. 난 놀러 다니는 걸 별로 좋아하지 않거든."

정말? 제스는 알프레드 할아버지의 예상치 못했던 대답에 터져 나오려는 웃음을 꾹 참았다. 그러고는 다시 질문을 퍼부었다.

"하지만 여기로 산책 오는 사람은 있겠지요?"

"많지 않아. 너무 외졌으니까. 여기까지 와봐야 갈 데가 없어. 마을도 없고 식당도 없고, 있는 게 없어. 내가 항상 아쉬워하는 게 뭔 줄 아니? 바로 식당이 없다는 거야. 내가 만일 혼자였다면 도저히 여길 견디지 못했을 거야. 불과 몇 년 전까지만 해도 부모님이 살아 계셨고, 작년까지는 아내와 아이들 모두 여기 살면서 조그맣게 농사를 지었지. 우리 딸 메건과 사위도 주말 별장을 운영하러 와서 함께 살았고. 그러니 난 혼자 남겨졌다고 불평할 형편이 못 돼."

알프레드 할아버지는 제스에게 또 한 번 눈을 찡긋했다.

"그런데도 난 불평을 한단다. 욕심도 많지?"

제스는 별장 쪽을 바라봤다.

"이제…… 그만 가봐야 할 것 같아요."

알프레드 할아버지는 제스를 쳐다보며 미소 지었다.

"좋아, 제스 양. 그래야겠다면."

제스는 순간적으로 미안한 마음이 들었다. 이렇게 마음씨 좋은 분을 왜 나는 참을 수 없는 걸까. 하지만 제스는 알프레드 할아버지가 다시 입을 열 때까지 기다리지 않고 결국 그 자리를 떠났다.

저녁을 먹는 내내 제스는 여러 가지를 곰곰이 생각해 봤다. 자신이 봤던 소년과 알프레드 할아버지가 해줬던 말은 도무지 들어맞질 않는다. 어쩌면 아무것도 아닌 일을 너무 깊게 생각하고 있는지도 모른다. 알프레드 할아버지가 그렇게 말했다고 해서 관광객이 아예 없다고 단정할 수는 없었다. 제스가 본 소년은 혼자였지만 어쩌면 혼자가 아니었을지도 모른다. 제스가 있던 곳에서만 보이지 않았을 뿐 근처에 가족이 있었을지도 모를 일이다. 만약 제스가 골짜기의 암벽을 기어 올라가 높은 곳에서 아래를 내려다봤다면 그 소년의 가족들을 발견했을지도 모른다. 어쩌면 그 가족들도 제스처럼 강에 매혹돼 강의 시작점을 찾으러 왔던 게 아닐까.

이상한 점은 그 소년의 모습이었다. 소년은 전혀 관광객처럼 보이지 않았다. 물속에 서 있었던 것도 그렇고 옷차림새도 그랬다. 그는 반바지만 입고 있었다(고 제스는 확신했다). 먼 곳에서 온 옷차림이 아니었다. 그렇다면 소년과 그의 가족들도 제스처럼 근처에 별장을 빌렸거나 이 근방에 살고 있는 걸까?

111

알프레드 할아버지는 이곳엔 그런 사람이 없다고 했다. 그럼 혹시 숲속을 산책하기 위해서 자동차를 몰고 여기까지 온 것일까?

이곳에 길은 하나뿐이다. 이곳과 브레머스를 잇는 조그만 길, 그것뿐이다. 그리고 지금껏 그 길을 넘어오는 자동차를 본 적이 없었다.

제스는 식탁 맞은편에서 휠체어에 푹 파묻힌 채 천천히 음식을 씹고 있는 할아버지를 바라봤다. 할아버지는 두 번째 발작이 일어난 후 휠체어에 대해서는 아무 말도 하지 않았다. 가족들이 자신을 이리저리 밀고 다니도록 그냥 내버려두었다.

엄마가 물었다.

"제스 괜찮니? 통 말이 없네."

제스는 자신을 쳐다보며 눈을 깜빡이는 할아버지를 보았다.

"괜찮아요. 그냥 생각을 하고 있었어요."

"그래."

할아버지는 한동안 제스를 바라보다가 다시 음식을 먹기 시작했다.

저녁 식사 후, 휠체어를 밀고 거실로 가서 텔레비전을 보았다. 하지만 저녁 내내 할아버지를 눈여겨본 결과, 제스는 할아버지가 딴 데 마음을 쓰고 있다는 사실을 알았다. 방 한구석에 세워진 채 자신에게 무언가를 말하고 있는 미완성의 그림. 할아버지는 지금 그 그림에 등을 돌린 채 관심을 두지 않으려고 하지만, 오히려 그 모습이 얼마나 그림에 신경 쓰고 있는지 더욱더 잘 드러내주었다.

할아버지와 달리 제스는 그 그림을 빤히 쳐다봤다. 너무 많이 봤던 탓인지 저녁 시간 내내 텔레비전을 보고 엄마 아빠의 질문에 대답하면서도 오히려 온 신경은 그림과 강에서 봤던 소년에 관한 미스터리 속으로 완전히 빠져들고 말았다.

그리고 침실로 갈 때쯤, 폭포에서 본 소년에 대한 확신은 희미해졌다. 오직 이상하고 의심스러운 기분만이 남아 있을 뿐이었다.

그러나 한밤중에 그 소년은 다시 모습을 드러냈다.

얕은 잠에 빠져 있던 제스를 깨운 것은 바로 물소리였다. 제스는 침대에서 몸을 일으켜 창가로 다가갔다. 달빛이 공터를 하얗게 물들이고 있었다.

그때였다. 강가 주변에서 무엇인가가 움직인 것은.

제스는 긴장으로 온몸이 뻣뻣해졌다. 그래도 그 미지의 물체에서 한시도 눈을 떼지 않았다. 그것은 어둠에 싸여 있었지만 어스름한 달빛 때문인지 대강의 모습이나 움직임은 감지할 수 있었다.

바로 폭포에서 본 소년이었다.

제스가 창문을 따라 조금씩 움직였지만 소년은 제스를 의식하지 못하는 듯했다. 그의 관심은 온통 강물에 쏠려 있었다. 마치 강물을 조사라도 하는 양 물속을 천천히 걸어다녔다. 소년은 여전히 반바지 차림이었다. 이제는 확실했다.

제스는 호기심과 두려움이 섞인 마음으로 그를 지켜보았다. 저 소년은 누구일까? 이렇게 한밤중에 강에 나와서 뭘 하는 거지?

갑자기 소년이 창문 쪽으로 고개를 돌렸다.

제스는 몸을 숨기기 위해 창가에서 재빨리 물러나 잠시 기다렸다. 그러나 피어오르는 호기심을 주체하지 못하고 다시 천천히 창밖을 기웃거렸다. 소년은 이제 물을 따라 낮은 지대로 걸어가고 있는 중이었다. 그리고 막 별장 옆을 돌아 사라지고 있었다.

아……. 제스는 허겁지겁 계단을 내려갔다. 이 불가사의한 미스터리를 단박에 해결하고 싶었다. 그 소년에게 너는 누구며 여기서 무엇을 하고 있는지, 왜 여기에 있는지 묻고 싶었다. 소년은 위험해 보이지 않았다. 그러니 말을 건네지 못할 이유는 없었다. 그렇지만 너무 빨리 다가갈 필요도 없었다. 일단은 소년에 대한 믿음이 생길 때까지 몸을 숨긴 채 따라가 보기로 결심했다.

제스는 허둥지둥 옷을 입고 열쇠를 쥔 채 더듬거리며 현관 쪽으로 나아갔다. 제발 소리 내지 않고 조용히 나갈 수 있기를.

살금살금 열쇠를 문구멍에 넣고 돌린 다음 별장에서 빠져나
왔다. 무릎 언저리에서 나풀거리는 잠옷 자락을 부여잡고 공
터를 가로질러 강가를 향해 빠르게 걸어갔다.

그러나 소년의 흔적은 없었다.

제스는 숨을 몰아쉬며 주위를 둘러보았다. 도무지 이해할
수 없는 일이었다. 별장에서 여기까지의 거리를 감안하면 소
년도 분명 얼마 못 갔을 텐데 왜 안 보이는 거지? 혹시 그냥 지
나친 것일까? 아니다. 달빛이 있어서 그 정도는 충분히 알아볼
수 있었다. 그러나 강에 가까워질 때까지 제스가 본 것이라고
는 흐르는 강물뿐이었다. 누군가 이곳을 지나간 흔적조차 없
었다. 서늘한 바람, 제스는 옷자락을 좀 더 여몄다. 갑자기 낯
선 곳에 혼자 떨어진 기분이었다. 그때 불현듯 어떤 그림자가
자신을 향해 다가오는 것을 느꼈다. 긴장으로 온몸의 솜털을
곤두세우며 제스는 그것을 날카롭게 응시했다.

아빠였다.

제스는 자기 모르게 아빠를 향해 달려갔다. 두 팔로 아빠를
껴안자 아빠가 제스의 이름을 부드럽게 불렀다.

"제스."

한동안 아무 말 없이 제스의 머리를 쓰다듬고는 아주 부드
럽게 딸의 이마에 입을 맞췄다.

"무슨 일이니?"

제스는 몸을 빼고 아빠의 눈을 바라보았다.

"모르겠어. 음…… 도대체 내게 무슨 일이 일어난 건지 모르겠어. 이곳이 문제인가 봐요. 마치…….."

"마치 뭐?"

"모르겠어요. 여기 뭔가 있는 것 같아. 처음 도착할 때부터 그렇게 느꼈어요."

"유령 말이냐?"

"무서운 건 아니에요. 그것은…….."

제스는 입술을 깨물었다. 소년의 존재에 대해 말할 수는 없었다. 아빠는 과학으로 설명할 수 없는 것은 뭐든지 엉터리 같은 생각이라고 말하곤 했다. 게다가 지금 아빠는 그런 말에 주의를 기울일 만큼 마음이 여유롭지도 않았다. 다행히 여기까지 듣고도 아빠는 제스를 혼내거나 무시하지 않았다. 제스는 마음이 점차 차분해지는 것을 느꼈다.

"널 정말로 불안하게 만드는 게 뭔지 알 것 같구나. 할아버지 맞지?"

적어도 부분적으로는 그랬다. 그래서 제스는 고개를 끄덕이며 씩씩하게 보이려고 애를 썼다.

"이제 괜찮을 거예요, 아빠."

"안으로 들어가자."

제스와 아빠는 팔짱을 끼고 별장으로 들어갔다.

"엄마가 깼는지 내기할까?"

"틀림없이 시끄러워서 깼을 거야. 내가 열쇠를 짤그랑거린 데다 아빠가 날 따라 나왔잖아."

"네가 이기면 뭘 해줄까?"

제스는 걸음을 멈추고 잠시 생각했다.

"책상 스탠드. 좋은 걸로!"

"내가 이기면?"

"다용도실에 있는 내 잡동사니를 말끔히 치울게."

"그건 어차피 해야 할 일이었잖아."

"진짜로 할게요. 집에 도착하자마자."

"좋아!"

제스와 아빠는 머리를 끄덕이며 안으로 들어갔다. 그때 할아버지 방에서 고함 소리가 났다.

"무슨 일이야? 한밤중에 웬 난리냐?"

"아, 아무것도 아니에요. 아무 일도 없어요. 아버지는 괜찮으세요?"

아빠가 재빨리 대답했다. 할아버지는 몇 마디 더 중얼거리더니 더 이상 아무 말이 없었다. 잠시 문 앞에 서서 할아버지가 괜찮은지 확인한 후 제스와 아빠는 계단을 올라갔다. 아빠는 안방으로 머리를 들이밀었다가 다시 뒤돌아 제스를 봤다.

"다용도실 치우기, 너 약속했다."

"증거는?"

아빠는 웃으며 엄마가 얼마나 곤히 잠들어 있는지를 보여주기 위해 문을 젖혔다. 엄마는 한쪽 팔을 침대 밑으로 떨어뜨린 채 어린아이처럼 편안하게 자고 있었다.

"나도 저렇게 쉽게 잠들 수 있으면 좋겠구나."

아빠가 말했다.

"그리고 너도 그럴 수 있으면 좋겠다, 우리 예쁜 딸."

"이제 괜찮을 거예요."

"다시 불안해지면 아빠를 깨워라. 알았지?"

"그럴게요."

제스는 방으로 돌아가 잠들기 위해 애썼다. 하지만 소년의 이미지가 머릿속에서 떠나질 않았다. 몇 시간 동안 안간힘을 쓴 끝에 결국 잠드는 것을 포기하고 다시 침대 밖으로 기어 나왔다. 그러고는 창문에 몸을 기댄 채 쏟아지는 달빛과 밤의 풍경을 물끄러미 바라보았다.

동틀 때쯤이 되어서야 제스는 다시 침대로 돌아갔고 마침내 잠이 들었다. 잠결에도 제스의 신경은 할아버지와 소년에게 온통 쏠려 있었다. 잠에서 깼을 때 제스를 맞이한 것은 넓은 창문을 통해 쏟아져 들어오는 햇살이었다. 침대 옆에는 엄마가 앉아 있었다.

"제스, 방금 아빠한테 어젯밤 얘기를 들었어. 무슨 일 있니?"

제스가 하품을 하자 엄마는 다시 말했다.

"졸리면 자. 나중에 얘기하자."

"아니야. 괜찮아."

제스는 눈을 비비면서 뭐라고 말해야 할지 궁리했다. 리버 보이에 대해 더 많은 것을 알게 될 때까지 누구에게도 얘기하지 않겠다고 굳게 다짐했다. 사실 지금으로서는 소년이 실제로 존재하는지조차도 확신할 수 없었다. 게다가 엄마 아빠는 할아버지 걱정만으로도 버거운 상태다. 제스까지 걱정을 끼칠 수는 없었다. 아마 엄마 아빠도 그러길 원치 않을 테니.

"나도 잘 모르겠어."

제스는 마침내 입을 열었다.

"여기 뭔가 이상한 게 있어. 아빠한테도 그렇게 말했는데."

"무서운 거니?"

"아니, 무섭진 않고 그냥 좀 묘해. 생각해 보면 무서워야 하는데 전혀 그렇지 않거든. 마치……."

"마치 시간이 멈춘 듯한 그런 느낌?"

제스가 일어나 앉았다.

"음, 어쩌면."

엄마가 고개를 끄덕였다.

"나도 그런 느낌을 받았어. 네 말이 무슨 말인지 알겠다. 우리는 어쩌면 시간의 미로 속에 갇힌 건지도 몰라. 생각해 보렴. 여긴 우리 가족뿐이야. 번잡한 도시 생활만 하다가 갑자기 이렇게 조용한 시골에 있으니 그럴 수밖에. 저기 봐. 여긴 수백 년이 지나도 크게 변하지 않을 것 같잖아. 여기서는 시간도 느리게 흘러가는 것 같지. 사실 그렇기도 하고. 할아버지도 여기가 크게 변하지 않았다고 하시던데."

"아니야, 많이 변했다고 하셨어."

"물론 할아버지 입장에서는 그럴 거야. 어렸을 때 본 모습이 마지막이니까. 그렇지만 진짜로 변한 건 여기가 아니라 할아버지일 거야. 삶에 대한 느낌이 그때와는 다른 거겠지. 어쩌면 그래서 여기 있는 동안 시간을 잃어버렸다는 기분이 드는 건지도 모르지."

제스는 다시 침대에 누워 생각에 잠겼다.

"집에 가고 싶니, 우리 딸? 네가 원한다면 언제라도 떠날 수 있어."

"아니야. 할아버지를 위해서 여기 계속 머물러야 해. 게다가 난 여기가 맘에 들어. 정말이야."

엄마가 작게 한숨을 내쉬었다.

"물론 이 여행은 할아버지를 위한 거란다. 하지만 네가 정말로 힘들다면 엄마는 할아버지에게 과감하게 말할 거야. 아빠도 엄마를 도와줄 거고. 있잖아, 제스. 혹시 엄마 아빠가 네게 소홀하다고 생각하니? 지금껏 너보다 할아버지 위주로 생활해 왔으니까."

"그렇게 생각 안 해. 절대로. 엄마 아빠가 나한테 소홀한 적 없어. 그리고 지금 집으로 갈 필요도 없어. 난 그냥…… 재미있는 경험을 한 것 같아. 할아버지는 내게도 소중해. 그리고 엄마, 혹시 할아버지가 어젯밤 일을 물어도 그냥 비밀로 해주세요. 사실 어제 집으로 돌아왔을 때 할아버지가 큰 소리로 물어 보셨거든. 잠결에 하신 말씀이라 기억하진 못하시겠지만 혹시라도 말이에요."

엄마가 제스의 손을 꼭 잡았다.

"좋아. 그냥 있자. 하지만 네가 집에 가고 싶어 한다면 우리는 언제든 바로 되돌아갈 거야. 알았지?"

"그럴 필요 없는데."

"그래도, 알았지?"

"응, 엄마. 알았어요."

"어쨌든 네가 할아버지 얘기를 꺼내서 말인데 너랑 하고 싶은 얘기가 있어."

"그림 얘기야?"

"그래. 그리고 할아버지 건강도. 어제 하루 종일 봐서 알겠지만 할아버지 상태가 점점 더 악화되고 있어. 너도 알겠지? 네가 산책 나갔을 때 아빠랑 엄마가 할아버지께 집으로 돌아가자고 말씀드렸어. 병원으로 가자고. 거기 사람들은 할아버지를 잘 아니까."

엄마는 눈동자를 굴리며 잠시 생각을 정리했다. 그러고는 다시 말을 이었다.

"그래서 병원으로 돌아가면 모든 상황이 좀 더 편해질 거라 생각했지. 좋은 병원이고 의사든 간호사든 모두 친절하니까.

그런데 할아버지는 그걸 인정하지 않는 거야. 그래서 우리는 차선책을 말씀드렸단다."

"브레머스에 있는 병원?"

"맞아. 알프레드 아저씨는 작은 병원이라고 하셨지만 그래도 여기서 할아버지가 점점 쇠약해지고 예민해지는 걸 지켜보는 것보다는 낫잖아. 근데 할아버지는 그 의견은 더욱더 싫어하시더라. 게다가 의사를 부르는 것도 싫다는 거야. 누구도 보지 않으시겠다는 거지."

"그래서 어떻게 할 건데?"

"할아버지에게 이렇게 말씀드렸어. 앞으로 하루 동안 더 지켜보고 그때도 차도가 없으면 무조건 의사를 부르겠다고. 물론 여기까지 와서 할아버지의 호통을 참아내야 할 의사가 안됐긴 하지만 어쩌겠니. 그래서 어제 엄마랑 아빠가 약간 긴장한 듯 보였을지도 몰라."

엄마 말이 맞다. 하지만 할아버지는 병원에 가지 않기 위해 안간힘을 쓸 것이다. 틀림없이 누구도 보려고 하지 않을 것이다. 의사도 엄마 아빠처럼 병원으로 가야 한다는 말만 반복할 테니까.

"아, 그리고 그림 문제도. 할아버지는 그림을 완성하겠다는 생각에 극도로 긴장하고 계셔. 하지만 거기에 대해서는 아무 말씀도 하지 않으시네. 제스, 너는 그림에 대해 엄마 아빠보다 더 많이 알지? 항상 그랬으니까. 할아버지는 우리한테 말하지 않는 것도 네게는 말씀하시잖아. 그런 태도가 답답할 법도 한데 엄마는 오히려 할아버지가 너를 믿어서 기쁘다. 할아버지도 누군가 의지할 사람이 필요해."

제스는 어깨를 으쓱했다.

"어쨌든 지금 할아버지께 가장 중요한 건 그림을 끝내는 거야. 그럴 수 있도록 만들어드리고 싶구나. 우선 알프레드 아저씨가 할아버지의 신경을 너무 자극하지 않도록 막아보려 해. 그렇게 해서라도 그림을 완성하시면 어느 정도 평온해지시겠지, 할아버지도."

엄마는 얼굴을 약간 찡그리며 말했다.

"그리고 앞으로 생길 일을 좀 더 편안히 받아들이실 수도."

제스는 창문을 올려다보며 지금 귓가에 들리는 물소리가 마치 춤을 추는 것 같다고 느꼈다.

그때가 되면 나도 그럴 수 있을지도 몰라, 제스는 생각했다.

제스는 할아버지와 함께 다시 밖으로 나와 처음 이젤을 세웠던 그 자리로 갔다. 이번에는 휠체어도 함께였다. 이제 할아버지는 휠체어를 훨씬 자연스럽게 받아들였다. 엄마 아빠는 별장 근처 눈에 띄지 않는 곳에 자리를 잡았다. 이른바 '알프레드 할아버지 따돌리기' 계획으로 만약 알프레드 할아버지가 나타나면 엄마 아빠가 잽싸게 알프레드 할아버지를 집 안으로 데려가기로 했다. 할아버지의 그림 작업을 방해하지 못하도록 말이다.

제스는 할아버지가 원하는 모든 것을 정확하게 준비했다. 그런 다음 둔치 주변을 산책했다. 그렇지만 할아버지가 시야에서 사라지지 않도록, 할아버지가 자신을 부르면 재빨리 뛰어갈 수 있도록 너무 멀리 떨어지지 않으려고 노력했다. 가끔 할아버지는 제스를 곁에 두고 싶어 했지만 대부분은 그냥 근처에 있다는 걸 아는 것으로 만족했다. 주변을 너무 부산하게 돌아다녀 신경을 자극하지만 않는다면 말이다.

얼마 가지 않았을 때 할아버지가 제스를 불렀다. 제스는 즉시 뒤돌아서 할아버지에게 뛰어갔다. 가능한 한 명랑하게 보이려고 애쓰면서. 사실 그렇게 하기 무척 힘들었다. 제스의 눈에 비친 할아버지는 너무도 수척해 보였다. 마치 바닷물에 이리저리 휩쓸리다 간신히 해안가에 도착한 생물처럼 힘없고 연약해 보였다. 하룻밤 새 20년은 더 늙어버린 듯했다. 항상 열정으로 타오르던 두 눈조차 이제는 그 빛이 희미해졌다. 할아버지는 조각상처럼 아무 움직임 없이 의자에 웅크리고 앉아 있었다. 밝은 햇살은 오히려 할아버지의 창백한 뺨을 더욱 도드라지게 할 뿐이었다.

"이리 와서 앉아라."

할아버지가 말했다. 제스는 언제나처럼 할아버지 바로 앞에 앉았다. 그림을 직접 보여줄 때까지 기다리겠다는 뜻으로 이젤을 등지고. 그리고 할아버지의 말을 기다렸다.

한동안은 아무 소리도 들리지 않았다. 흔히 있는 일이었다. 할아버지는 그림을 그리다가도 종종 몇 분간 허공을 응시하거나 두 눈을 감은 채 자신이 그림으로 옮기고자 하는 것을 묵묵히 곱씹곤 했는데 이러한 과정에는 어느 정도 시간이 걸렸다. 하지만 이번에는 침묵이 꽤 오래 지속됐다. 평범한 일이 아니다. 평소 같지 않았다.

고개를 돌려서 할아버지를 바라보니 할아버지가 소리 없이 울고 있었다. 굵은 눈물이 뺨을 타고 흘러내렸다. 제스는 할아버지 곁으로 다가가 무릎을 꿇은 채 할아버지의 손을 잡았다. 할아버지가 말했다.

"난 못 하겠다. 할 수가 없어."

"하실 수 있어요, 할아버지."

"머릿속 그림은 선명한데 도무지 그릴 수가 없구나."

할아버지는 숨쉬기조차 힘들어했고, 곧이어 입술도 굳게 닫아버렸다. 제스는 할아버지가 진정될 때까지 몇 분 동안 기다렸다.

"때가 올 거예요, 할아버지. 늘 그랬잖아요. 항상 시작하기 전에 시간이 필요했잖아요. 우리 집 거실에 걸린 추상화처럼 말이에요. 기억나세요? 그리고 오래된 교회 그림도요. 말에 올라탄 소녀 그림은 또 어떻고요? 그 그림은 몇 년 후에야 본격적으로 그리기 시작하셨잖아요."

할아버지는 제스를 쳐다봤다. 눈은 여전히 촉촉이 젖어 있었다.

"이해를 못 하는구나. 문제는 내 마음이 아니야."

할아버지는 땅을 물끄러미 쳐다보셨다.

"마음이 아니라 손이 문제다."

"손이라뇨? 무슨 말이에요?"

"손을 잘 움직일 수가 없어. 붓을 들 때마다 많이 아프구나. 아빠와 엄마에게는 말하지 말거라. 그저 같이 여기에 잠깐 앉아 있자. 잠시 후면 다 괜찮아질 테니. 실은 잘 모르겠다. 내 손이 얼마나 더 버틸 수 있을지. 힘이 얼마나 남아 있는지. 그래, 어쨌든 견디고 최선을 다해야겠지."

할아버지는 숨을 깊이 내쉰 다음, 그림을 노려보았다.

"사실 이 쓰레기는 더 이상 수고할 가치도 없다. 이건 내가 그린 것 중 최악이야."

제스는 그림을 바라봤다. 할아버지의 악평에도 불구하고 제스는 그림 속으로 깊이 빨려 들어갔다. 할아버지가 절묘한 솜씨로 불러낸 신비한 강물 속으로 한없이 빨려 들어갔다. 또다시 리버보이를 머릿속에 떠올렸다. 여전히 그림 속에는 소년이 없었다. 할아버지가 오늘은 그 소년을 보여줬으면 했는데 어느덧 그런 희망도 희미해져 갔다.

"다시 봐도 좋은데요, 할아버지."

"네 눈에만 그럴 테지."

할아버지가 투덜거렸다. 그러나 그 목소리는 생각만큼 통명스럽지 않았다. 이윽고 할아버지는 다시 천천히, 고통스럽게 붓을 향해 손을 뻗었다.

"자, 이제 가봐라."

"제가 곁에 있길 원하셨잖아요."

"이제 됐다. 어서 가봐. 난 이제 괜찮으니까."

"그래도 전 여기 있는 게 좋아요."

"아니, 아니야. 넌 이미 강에게 마음을 반쯤 뺏겼어. 그걸 탓할 생각은 없다. 봐라, 물놀이하기 좋은 날씨야. 어서 가거라. 필요하면 내가 부르마."

할아버지는 제스에게 눈길 한번 제대로 주지 않고 다시 그림에 빠져들었다. 제스는 한동안 할아버지를 지켜보았다. 할아버지는 전혀 괜찮지 않았다. 절대로 괜찮지 않았다. 제스를 안심시키기 위해 그림에 몰입한 듯 얼굴을 한껏 찌푸리고 있었지만 전혀 설득력이 없었다. 하지만 할아버지는 제스의 그런 생각마저 꿰뚫어 본 게 분명했다. 결국 제스는 인정할 수밖에 없었다. 할아버지가 걱정되고 소년에 대한 생각이 머리 한

구석을 사로잡고 있었지만 그러는 동안에도 사실 강물 속으로 뛰어 들어가 수영하고 싶은 생각이 간절했다.

제스는 할아버지를 뒤에 두고 얼마간 걷다가 다시 뒤를 돌아보았다. 할아버지는 더 이상 얼굴을 찡그리고 있지 않았다. 눈은 어느 먼 곳을 보는 듯했고 입은 벌어져 있었다. 드디어 진짜로 그림에 몰두하고 있는 것이다.

제스는 안심이 된 듯 혼자 미소 지었다. 할아버지는 그 많은 단점에도 불구하고 마음을 읽기 쉬운 사람이었다. 그래서 그만큼 사랑하기도 쉬운 사람이었다. 붓을 움직일 때마다 고통스러워하는 할아버지의 모습을 보면서 제스는 약해지지 말자고 다시 한번 다짐했다.

"아직도 물속에 들어가지 않았니?"

할아버지가 제스를 보지도 않은 채 소리쳤다. 할아버지는 가볍게 말했지만 제스는 그 말을 통해 주변을 배회하는 자신의 존재가 할아버지를 방해하고 있다는 걸 깨달았다.

"멀리 가지 않을게요, 할아버지."

할아버지는 뭐라고 웅얼거렸지만 그뿐이었다. 그 또한 좋은 징조였다. 할아버지는 점점 더 열중하고 있는 것이다. 어쩌면 할아버지는 오늘 그림을 끝낼지도 모른다.

그때 할아버지가 갑자기 헛기침을 했다.

할아버지가 재촉하시는구나. 제스는 그 뜻을 알아채고 곧

바로 강으로 달려갔다. 시간을 낭비하지 말자. 제스는 윗옷과 신발을 벗어 던지고는 수영복 매무새를 정리한 후 강을 향해 질주했다.

제스는 둔치 주변을 따라가며 다이빙하기에 좋은 깊고 깨끗한 물을 찾았다. 둔치에서 강을 바라다보니 어제 수영했을 때와는 사뭇 달라 보였다. 빽빽하게 우거진 숲이 벌써 강으로 내려가는 길을 막아서고 있었다. 강굽이를 따라 난 길이 있긴 했지만 그 길은 제스가 서 있는 곳에서 좀 떨어진 곳에 있었다.

제스는 고개를 돌려 숲 사이로 구불구불하게 난 좁다란 길을 바라봤다. 길은 계곡을 타고 브레머스로 가는 길과 연결돼 있었다. 저 비탈길 꼭대기 어딘가에는 알프레드 할아버지의 집이 있다. 그는 그 집에서 평생 살아왔고 앞으로도 결코 떠나려 하지 않을 것이다.

제스는 멈춰 서서 다시 한번 뒤를 돌아봤다. 길이 구부러져 있고 나무가 우거져 있어서 할아버지의 모습이 보이질 않았다. 제스는 잠시 고민했다. 돌아가서 할아버지가 괜찮은지 확인해야 할까? 할아버지의 목소리를 듣기 위해서는 너무 멀리 가서는 안 된다.

그때였다. 또다시 익숙한 느낌. 누군가 있다는 강한 확신이 들었다. 그 시선을 처음 느낀 그때처럼, 폭포 위에서 그 소년을 봤을 때처럼.

주위를 둘러봤지만 보이는 것이라곤 나무들과 그 사이로 흐르는 강의 모습뿐이었다. 사람의 흔적은 없었다. 고개를 이리저리 돌려 주위를 살피고 소리에 귀를 기울이면서 몇 분 동안 잠시 서 있었다. 최대한 움직임을 죽인 채 그렇게 기다렸다.

그러나 아무것도 없었다.

제스는 불안한 마음을 안고 어제 아침 수영했던 공터를 지나 다시 숲속으로 계속 걸어갔다. 그곳은 나무들 때문에 한층 어둡고 서늘했다. 이제 강의 너비는 10미터 정도로 넓어졌고 계곡 양쪽으로는 나무들이 빽빽하게 들어서 있었다.

또 다른 공터를 발견하고는 그곳에서 물가로 내려갔다. 다이빙하기에는 완벽한 곳이었다. 하지만 누군가 자신을 지켜보고 있다는 생각이 제스의 두 발을 붙들어 맸다. 주위를 살펴보니 옆에 그루터기가 하나 있었다. 제스는 그 위에 올라서서 강을 찬찬히 내려다보았다. 강의 구석구석이 더 선명하게 보였다. 물살은 꽤 센 편이었고 강바닥은 둔치 아래로 급속히 경사져 있었다.

여러모로 봐도 뛰어들기에는 정말 완벽한 곳이었다. 발목을 잡아끄는 기분 나쁜 갈대도 없고, 깊이도 좋고, 모든 게 적당했다. 다시 주위를 둘러보았다. 여전히 아무것도 없었다.

제스는 이제 정말 물속으로 뛰어들어야겠다고 결심했다.

누군가 있다는 두려움 때문에 강으로 뛰어들지도 못하고 마음을 잡지도 못하는 자신이 좀 웃기다고 생각했다. 계속 불안함에 사로잡혀 있다가는 하루 종일 여기만 서 있게 될 거야. 결국 소년을 만나지도 못하고 수영도 못 하고. 제스는 주먹을 꼭 쥐고 물속으로 뛰어들 준비를 했다.

그때 아주 가까운 곳에서 물을 튀기는 소리가 들렸다.

제스는 그루터기에서 펄쩍 뛰어 내려와서 허겁지겁 나무들 사이로 몸을 숨겼다. 그렇게 숨는 자신에게 화가 났지만 어쩔 수 없었다. 철벅거리는 소리가 다시 한번 나더니 불현듯 조용해졌다. 제스는 둔치에서 조금 더 뒤로 물러서서 강을 살폈다.

갑자기 물속에서 사람의 머리가 불쑥 솟아올랐다.

아, 그 애다. 폭포에서 봤던 그 애야. 제스는 확신했다. 그 아이도 제스와 가까운 어딘가에서 물속으로 뛰어든 게 틀림없었다. 잠수하는 자세로 물살을 거슬러 올라 이곳까지 온 것이리라. 그것도 놀라운 속도로.

소년은 제스를 보지 못한 듯했다.

그는 다시 머리를 물속에 집어넣고는 힘차고 인상적인 동작으로 다시 상류를 향해 헤엄쳐 갔다. 제스는 최대한 몸을 낮추고 살금살금 기어 나와 소년의 얼굴을 확인하려 했다. 하지만 제스가 본 것이라고는 마구 헝클어져 있는 검은 머리카락과 물에 흠뻑 젖은 검은 반바지뿐이었다.

검은 반바지…… 그 소년이었다. 그 소년이 틀림없었다. 그는 마치 한 마리의 물고기 같았다. 인정하고 싶지 않았지만 소년의 수영 실력은 예사롭지 않았다. 제스보다 뛰어나지는 않더라도 모든 면에서 제스만큼 잘했다. 소년은 모든 동작에 능숙한 것 같았다. 배영, 평영, 접영. 물과 장난치듯이 전혀 힘을 주지 않고도 자유롭게 자세를 바꿔가며 헤엄쳤다. 그러다가 갑자기 몸을 뒤집어 배와 얼굴을 하늘로 향한 채 제스 쪽으로 둥둥 떠내려왔다.

제스는 또 한 번 소년의 얼굴을 보려고 했지만 둘 사이의 거리는 여전히 멀었다. 소년은 물살에 몸을 맡긴 채 자신이 처음 물로 뛰어들었던 곳, 제스가 나무 사이에 몸을 웅크린 채 그를 기다리고 있는 그곳으로 떠내려오고 있었다.

소년이 가까워 올수록 제스는 나뭇잎 사이로 조금씩 뒷걸음치면서 눈으로 계속 그를 주시했다. 소년은 강이 자신을 어디로 데려가든 별로 신경 쓰지 않는 듯했다. 시선은 하늘에 고정시키고 팔을 편안하게 늘어뜨린 채 침대에 누워 있는 양 늘어진 자세로 물 위에 떠 있을 뿐이었다. 마치 물과 하나가 된 것 같았다. 강에서 막 알을 깨고 태어난 생명처럼.

이제 얼굴을 볼 수 있을 만큼 가까워졌다고 생각한 순간, 소년은 다시 몸을 돌려 물속으로 잠수했다.

강물이 그를 감싸 안은 것처럼 보였다. 제스는 그의 몸이 칼

날처럼 물속으로 미끄러져 들어가는 것을, 그리고 또다시 하류를 향해 소리 없이 내려가는 것을 지켜봤다.

제스는 서둘러 물가로 가까이 다가가서 소년이 다시 수면으로 올라오는지 보기 위해 몸을 앞으로 뺐다. 하지만 나타나지 않았다. 제스는 두루미처럼 목을 길게 빼고 최대한 멀리까지 주변을 살폈다.

소년의 흔적은 없었다.

그때 어디선가 비명 소리가 들렸다.

"도와줘!"

제스는 사방을 둘러보았다. 할아버지가 있던 쪽에서 들려오는 목소리였지만 할아버지의 목소리는 아니었다. 그것은 바로 알프레드 할아버지의 목소리였다.

제스는 숲속을 내달렸다. 처음 숲속을 헤치고 들어갔을 때는 그렇게 폭신폭신하던 땅이 맨발로 뛰는 지금은 무척 딱딱하게 느껴졌다. 제스는 별장을 향해 있는 힘껏 뛰었다. 소년에 대한 생각은 순식간에 빠져나가고 할아버지에 대한 생각과 걱정이 밀려들기 시작했다.

눈에 익은 공터가 모습을 드러냈고 이젤과 그림, 둔치가 보였다. 알프레드 할아버지가 불안한 눈으로 강물을 살피며 휠체어 옆에 서 있었다.

휠체어는 비어 있었다.

"할아버지!"

제스가 소리쳤다. 할아버지의 흔적은 없었고 마찬가지로 그림도 없어졌다.

별장에서 아빠와 엄마가 뛰어오는 모습이 보였다. 알프레드 할아버지가 제스를 향해 몸을 돌렸다.

"할아버지는요?"

제스가 날카롭게 외쳤다. 알프레드 할아버지는 제스의 예민한 반응에 순간 당황한 듯했다.

"찾는 중이다. 나도 방금 도착했단다. 물가에 빈 휠체어가 있는 걸 보고 소리친 거다. 혹시 무슨 일이 생겼을까 봐."

아빠와 엄마가 숨을 헐떡이며 알프레드 할아버지에게로 다가섰다.

"아버지는 어디 계시죠? 그런데 아저씨는 여기까지 어떻게 오셨어요? 오시는 모습을 못 봤는데."

아빠가 긴장한 듯한 목소리로 물었다. 알프레드 할아버지는 이런 푸대접에 기분이 상한 듯 몇 번이나 헛기침을 했다.

"저 능선을 타고 지름길로 왔네. 날씨가 좋길래 산책이나 할까 해서……. 오다가 여기서 그림을 그리고 있는 그 친구를 발견하고는 방향을 돌렸지. 그런데 숲을 통과하는 동안에 잠시 그 친구의 모습을 놓쳤더니만 이렇게 사라졌지 뭔가. 그림도 함께. 그때 물가에 있는 휠체어가 눈에 들어왔지. 그래서 갑자기 걱정이 된 거야."

아빠는 둔치로 성큼성큼 걸어가서 강을 내려다보았다.

"도대체 무슨 짓을 한 거지? 도대체 그 바보 같은 노인네가 무슨 짓을 한 거야? 아버지는 별장으로 돌아오시지 않았어. 그랬다면 우리가 못 봤을 리 없지. 우린 별장 오른쪽에 자리 잡고 있었으니까."

아빠가 제스를 쏘아보았다.

"너 할아버지랑 함께 있었잖니?"

"네, 그런데 할아버지가 혼자서 그림을 그리고 싶다고 하셔서 나보고 수영이나 하라고……."

"그런데 물 한 방울 묻히지 않았구나."

"물에 들어가지 않고 그냥 하류 쪽으로 조금 걸었어. 그러다 알프레드 할아버지의 목소리를 들었고."

"그럼 지금 물속에 들어가 보겠니? 혹시 네가……."

아빠가 잠시 말을 멈춘 뒤 숨을 크게 들이마셨다.

"혹시 뭐라도 찾을 수 있을지 모르니까. 물살을 따라 조금만 내려가 봐. 혹시 할아버지가 정말로 바보 같은 짓을 했다면 아마……."

아빠가 다시 말을 멈추고는 갑자기 몸을 돌렸다.

"우리는 별장으로 가볼게요. 우리가 미처 못 봤을지도 모르니까. 알프레드 아저씨는 여기를 지켜주실래요?"

"물론. 내가……."

알프레드 할아버지가 무슨 말을 하기도 전에 아빠와 엄마는 벌써 별장을 향해 뛰고 있었다. 제스도 기다리지 않고 둔치로 가 강물 속으로 몸을 던졌다.

바닥이 너무 얕아서 다이빙하기에 안전하지 않았지만 제스는 바닥에 부딪혔을 때 재빨리 몸을 밀어 올릴 수 있도록 손의 자세를 고쳐 잡았다. 그리고 물속으로 뛰어들었다. 들어갔다가 다시 수면으로 나와 강 한가운데로 물을 튀기며 나아갔다.

물살을 따라가라고 아빠가 말했다.

제스는 두려움을 떨쳐버리려 애쓰며 강바닥과 주변을 살피는 데 집중했다. 제발, 제발 이곳에서 할아버지를 발견하지 않기를. 제스는 그 그림이 할아버지에게 얼마나 중요한지 알고 있었다. 그리고 그림이 빨리 완성되지 않아 할아버지가 얼마나 절망하고 있는지도. 할아버지는 손이 아프다고 말했다. 만약 그림을 그리다가 손이 너무 아파서, 그래서 결국 이 그림을 완성할 수 없다고 생각했다면 할아버지는 밀려드는 좌절감을 주체할 수 없었을 것이다.

어쩌면 살아갈 가치가 없다고 느꼈을지도. 제스는 이런 생각들을 억누르고 주위를 살피며 강 하류로 헤엄쳤다. 할아버지의 흔적은 없었다. 제스는 여기서 할아버지를 찾게 되지 않기를 다시 한번 기도했다.

몇 분 후, 제스는 수영을 멈췄다. 그리고 물속을 걸으며 둔치를 살폈다. 여전히 아무것도 없었다. 그때 놀랍게도 마음속으로 그 소년의 모습이 다시금 밀려들기 시작했다. 불과 몇 분 전에 봤던 그 모습이. 바로 이곳에서 수영하고 있던 그 모습이.

몸이 떨려왔다.

갑자기 모든 게 기묘하고 음울하고 오싹하게 느껴졌다. 소년이 없는 게 당연한 곳에서 소년을 보았다. 그리고 소년이 있어야 할 그림에는 소년이 없었다. 그 둘을 연결하는 것은 바로 할아버지였다. 그런데 할아버지는 도대체 어디로 간 것일까?

할아버지가 물속에 몸을 던졌을 리는 없다, 아무리 절망적인 상황에서라도. 그러기에는 정신력이 너무 강한 사람이다. 제스는 불안한 마음을 이기지 못하고 물 밖으로 걸어 나와 다시 공터로 돌아갔다.

알프레드 할아버지가 여전히 거기에 서 있었다.

"할아버지 보셨어요?"

제스가 숨을 헐떡이며 말했다.

"아니. 네 아빠와 엄마도 아직 찾지 못한 모양이다. 난 여기서 조금 더 지키고 있을 테니 네가 별장에 뛰어가서 한번 알아보렴."

제스는 한달음에 별장으로 뛰어갔다. 별장 옆에서 나무들 사이를 살피고 있는 엄마가 보였다.

"할아버지는 안 계셔."

엄마가 돌아보았다.

"얼마나 멀리 갔었니?"

"아래쪽으로 이삼백 미터쯤. 할아버지가 더 멀리 갔을 것 같지는 않아. 혹시 물에 빠졌다 해도."

제스는 눈물이 쏟아질 것 같아 황급히 얼굴을 다른 쪽으로 돌렸다. 엄마가 급히 달려왔다.

"진정해. 쓸데없는 걱정은 하지 말자. 별일 아닐 수도 있어. 할아버지가 어떤 분이신지 잘 알잖아. 그냥 어디론가 산책을 가신 건지도 몰라. 누군가에게 얘기하고 간다는 생각도 못 하고 그냥 가버리셨을지도."

"하지만 할아버지는 잘 서지도 못하는걸."

"할아버지가 언제 하고 싶은 일을 포기하는 거 봤니? 별장 안에는 안 계셔. 상류 쪽을 살펴봐 줄래? 혹시 그쪽으로 걸어 가고 계실지도 모르니까."

"아빠는 어디 있어?"

엄마는 고개를 들어 강물 건너편 숲을 가리켰다.

"저 근처를 살펴보고 있어. 사실 할아버지가 이쪽으로 오셨을 거 같지는 않아. 그랬으면 왜 엄마 아빠가 못 봤겠니. 바로 저 위에서 알프레드 아저씨가 오는지 보고 있었는데 말이야."

"사실 알프레드 할아버지가 오는 것도 못 봤잖아."

"그렇긴 하지. 저쪽 길에만 눈을 딱 붙이고 있었으니까. 혹시 다른 길을 통해 오셨다면 못 봤을 수도 있겠다. 이런, 저기 알프레드 아저씨가 오신다."

제스는 알프레드 할아버지가 터벅거리면서 다가오는 것을 멍하니 바라봤다.

"난 그냥 궁금해서 말이야."

알프레드 할아버지가 천천히 말했다.

"집으로 돌아가서 우리 딸과 사위에게 도움을 청해볼까? 찾는 사람은 많을수록 좋잖아. 그러면……."

"아뇨."

엄마가 재빨리 끼어들었다.

"감사한 말씀이지만 좀 더 기다려보는 게 좋겠어요. 아저씨가 어디 계신지 아니까 도움이 필요하면 저희가 언제든 댁으로 찾아갈게요. 저는 아버님이 스스로 나타나실 거라 믿고 있거든요."

"그래, 자네가 우리 집을 알지."

"네. 감사하고 죄송합니다. 저희는 계속 아버님을 찾아봐야겠어요. 찾으면 연락드릴게요."

엄마가 짧게 미소 지으며 인사했다.

"그래, 그런데……."

알프레드 할아버지는 어두운 얼굴로 뭔가 더 말하려고 했다. 하지만 엄마는 이미 물길을 따라 걸어가고 있었다.

제스도 엄마를 따라가고 싶은 마음이 굴뚝같았지만 눈앞에 서 있는 이 노인의 기분이 신경 쓰였다. 이렇게 긴박한 순간에, 이 귀중한 시간에. 말도 안 되는 일이었다. 알프레드 할아버지에게 말할 기회를 줘서는 안 된다는 것쯤은 제스도 알았다. 하지만 그 모든 이유에도 불구하고 제스는 알프레드 할아버지에게 한 걸음 다가섰다.

"무슨 말씀을 하려고 하셨어요?"

알프레드 할아버지의 안색이 밝아졌다. 뜻밖의 관심을 받은 것에 몹시 놀란 듯했다. 그리고 그 배려를 안다는 듯이 알프레드 할아버지는 할 수 있는 한 최대로 짧게 대답했다.

"그 친구는 짓궂은 장난을 좋아했어."

제스는 그 말이 무슨 뜻인지 파악하려 애쓰며 알프레드 할아버지를 쳐다봤다. 당연히 더 자세한 설명이 뒤따를 것이라 기대했지만 알프레드 할아버지는 더 말하지 않고 느릿느릿한 걸음걸이로 공터를 가로질러 길을 따라 사라졌다.

잠시 후, 다른 목소리가 들렸다.

"그 친구 갔냐?"

제스는 헉하고 숨을 들이마셨다. 할아버지의 목소리였다. 목이 쉬고 피곤한 듯했지만 할아버지의 목소리가 분명했다. 그러나 주위를 둘러봐도 할아버지의 흔적을 찾을 수 없었다.

목소리가 다시 들렸다.

"눈이라도 먼 게냐?"

"어디 계세요?"

제스가 소리쳤다. 그러자 한차례의 웃음이 허공에 울려 퍼졌다.

제스는 답답해서 주변을 계속 두리번거렸다. 목소리의 방향을 가늠해 보면서 이리저리 주위를 둘러보았지만 강물 소리가 주변의 모든 소리를 집어삼키며 왜곡시키는 듯했다. 제스의 시선이 별장과 나무, 강과 길로 분주히 달렸다.

그러나 할아버지는 없었다.

그런데 또다시 할아버지의 목소리가 들렸다. 짓궂은 장난기가 묻어나는 목소리였다.

"너는 늘 내 마음을 알고 있다고 생각했는데."

제스가 씩씩거리며 대답했다.

"그랬다면 벌써 돌아버렸을걸요."

할아버지가 또다시 웃음을 터뜨렸다.

별장 가까이에서 들리는 것 같았지만 보이는 것은 아무것도 없었다. 제스는 앞문 쪽으로 몇 발짝 다가가서 무슨 소리가 들리기를 다시 기다렸다. 물론 할아버지 목소리가 들리지는 않았지만 제스는 할아버지가 가까이에 있다는 것을 느꼈다.

제스는 발을 동동 굴렀다.

"할아버지, 어디 계세요? 왜 이러시는 거예요?"

"연습하는 거다."

제스는 그제야 할아버지가 어디 있는지 눈치챘다. 할아버지의 장난기 어린 말로 그가 숨어 있는 곳을 유추할 수 있었다. 제스는 별장 옆으로 돌아가서 아래를 내려다보았다.

관이 보였다. 관은 뚜껑이 꼭 닫힌 채 그곳에 놓여 있었다.

"할아버지는 이런 게 재미있으세요?"

잠시 침묵이 흐른 뒤 뚜껑이 약간 들리고 그 사이로 장난기와 웃음기 가득한 두 눈이 보였다. 제스는 몸을 굽혀 뚜껑을 완전히 열어젖혔다.

그 안에 할아버지가 그림을 꼭 끌어안은 채로 누워 있었다. 좁은 공간에 누워 있느라 몸이 약간 뒤틀려 있었지만 사람들을 멋지게 속여서 자랑스럽다는 듯 할아버지의 두 눈이 유쾌하게 반짝거렸다. 하지만 이내 그 빛이 흐려졌다.

"여기서 꺼내다오."

할아버지가 우물거리며 입을 열었다. 제스는 손을 아래로 뻗어 할아버지를 일으키려 했지만 너무 무거웠다. 게다가 지금 할아버지에게는 힘이 조금도 남아 있지 않았다. 제스는 한숨을 내쉬었다.

"할아버지, 도대체 여기엔 왜 들어가신 거예요?"

할아버지가 도로 눕더니 제스를 쳐다봤다.

"알프레드가 산등성이를 넘어 내 쪽으로 오는 걸 봤다. 갑자기 피곤함이 몰려오더구나. 그래서 그 친구가 갈 때까지 잠시 피해 있어야겠다고 생각했지."

"그런데 여기로 오실 때 어떻게 아빠랑 엄마가 할아버지를 못 본 거죠? 바로 저쪽에 있었는데."

"뭐 식은 죽 먹기였지. 다른 쪽만 쳐다보고 있던걸. 그리고 난 공터 한가운데를 가로질러 오지 않았어. 강가의 나무들 사이사이를 지나 다른 쪽에서 별장으로 온 거야."

제스는 할아버지가 두 손으로 꼭 안고 있는 그림을 힐끔 쳐다봤다. 그러자 할아버지가 재빨리 고개를 흔들었다.

"그림에 대해서는 묻지 말아다오. 아직 완성하지 못했으니까. 못 하겠다. 손하고 팔이 너무 아파. 게다가 아까 알프레드가 오는 걸 보자 더 이상 버틸 수가 없었다."

할아버지의 얼굴이 갑자기 어두워졌다.

"몸이 좋지 않구나."

할아버지는 완전히 기진맥진해서 오후 내내 잠만 잤다. 엄마 아빠가 책을 읽는 동안 제스는 식탁에 앉아 홀로 카드놀이를 했다. 제스는 자신의 주변을 둘러싼 기다림의 기운을 느낄 수 있었다.

과연 무엇을 기다리는 것일까? 할아버지가 깨어나기를? 아니면 영원히 깨어나지 않을 그때를? 제스로서는 잘 알 수 없었다. 할아버지는 평소처럼 코를 골았다. 경적같은 불편한 소리가 별장 전체에 울려 퍼져 가족들의 휴식 시간을 모조리 빼앗고 있었다. 그러나 제스는 코 고는 소리 속에서도 여전히 제 음을 잃지 않고 찰랑거리는 강물 소리에 귀를 기울였다. 이곳에 온 이후로 그 음악은 한 번도 쉰 적이 없었다.

저녁에 알프레드 할아버지가 무거운 발소리를 내며 문을 열고 들어왔다. 커다란 머리가 별장의 낮은 들보에 닿을 듯했다. 알프레드 할아버지는 친구가 어디 있었는지 묻는 대신 그저 다행이라고만 말했다. 그리고 제스와 함께 카드놀이를 했다. 모두 할아버지가 깨어나기를 기다렸다.

8시가 돼서야 할아버지가 눈을 떴다. 그리고 조금 민망하게도 제스만을 방으로 불렀다.

제스는 들어가서 침대 옆에 앉았다. 할아버지는 힘겹게 손을 뻗어 손녀의 손을 잡았다.

"내일 내 곁에 꼭 있어다오. 웬 의사가 나를 보러 올 텐데 아마 병원에 들어가라고 설득하겠지."

"할아버지는 병원에 가셔야 해요."

"또 시작이냐!"

"하지만 가셔야 해요. 그래야 한다는 걸 할아버지도 잘 아시잖아요. 오래 걸리지 않을지도 몰라요. 최악의 고비만 넘기

146

면……."

"아니다, 아니야. 이번에 병원에 들어가면 다시는 나오지 못해. 송장으로 실려 나온다면 모를까. 네 엄마가 병원에 전화할 권리는 없었어."

할아버지는 눈을 감았다.

"지금 들리는 게 알프레드 목소리냐?"

"네."

"그럼 어서 가서 그 늙은 바보를 이리 오라고 하렴. 보아하니 여기까지 절름거리며 찾아온 것 같은데."

"왜 그 할아버지를 싫어하세요? 말은 좀 많으시지만 좋은 분이에요, 정말로."

할아버지가 한쪽 눈을 뜨고 제스를 물끄러미 바라봤다.

"제스, 난 그 친구를 좋아할 만큼 좋아하고 있단다. 말하지 않았을 뿐이지. 어서 알프레드를 불러와. 안 그러면 내 상태가 심각하다고 생각할 테니."

실제로 할아버지는 심각한 상태였지만 제스는 아무 말 하지 않고 알프레드 할아버지를 불러들인 뒤 조용히 방을 나왔다. 아빠가 부엌에서 수프를 만들고 있었다. 제스는 식탁에 앉아 카드를 치우고 엄마 아빠가 자신을 지켜보고 있다는 걸 의식하면서 조용히 수프를 입안에 밀어 넣었다. 잠시 후 아빠가 입을 열었다.

"무슨 생각 하니, 제스?"

제스는 식탁 맞은편에 앉은 아빠를 바라보며 생각을 정리하려고 애썼다.

지금 제스의 마음속에는 너무 많은 생각들이 들어차 있었다. 그 생각들을 지워버릴 수도 없었다. 그 중심엔 할아버지가 있었다. 모든 것들이 할아버지를 중심으로 기묘하게 얽혀 있었다.

"말하고 싶지 않으면 안 해도 돼. 네가 괜찮을 때 말하렴."

아빠가 말했다. 그러나 제스는 아빠의 불안한 얼굴이 신경 쓰여 재빨리 대답했다.

"아니야. 그냥 여러 가지 생각이 떠올라서 그래. 제 걱정은 마세요."

제스는 알 수 없는 어떤 힘이 자신을 끌어당기는 것 같았다. 강이 바다로 이끌리듯 깊고 강렬한 어떤 것이 제스가 저항할 수 없는 맹렬한 힘으로 끌어당겼다. 제스는 엄마 아빠가 더 이상 질문하지 않기를 바라며 눈을 돌렸다.

엄마가 일어섰다.

"아버님이 수프를 드실 수 있을지 가봐야겠어요."

"아마 먹여드려야 할 거야. 손에 힘이 전혀 없으셨어. 혹시 알프레드 아저씨도 드실지 모르겠네. 수프는 충분히 있지?"

"응. 아무튼 가서 여쭤볼게요."

아빠는 창문 밖으로 시선을 돌리고 강을 내다보았다. 마치 창밖에 있는 것을 자세히 보려는 듯 입을 굳게 다문 채 눈을 가늘게 떴다. 제스는 혹시나 그 소년이 돌아왔을까 싶어 재빨리 창밖을 내다보았다.

그러나 보이는 것은 강뿐이었다.

언제나 그렇듯이.

제스는 아빠를 향해 손을 뻗다가 도로 식탁 위에 조용히 올려놓았다. 그리고 팔로 얼굴을 받친 채 두 눈을 감고 굽이쳐 흐르는 물소리에 다시 귀를 기울였다. 마음속을 떠다니던 생각들도 저 물과 함께 굽이쳐 흐르는 것 같았다. 상상할 수도 없는 저 먼 곳으로.

저녁이 다시 찾아왔다. 제스는 침실 창문에 서서 또다시 소년을 찾았다. 하지만 보이는 것이라고는 검은 산등성이와 숲과 별 아래에서 반짝이는 강물뿐이었다.

어쩌면 제스는 오늘 소년을 보지 못할지도 모른다. 다시는 보지 못할지도. 사실 그것도 나쁜 일은 아니다. 소년은 항상 훌쩍 나타났다가 훌쩍 사라지곤 해서 마음을 불편하게 만드니까. 하지만 이건 스스로를 속이는 생각이었다. 이유는 모르겠지만 제스는 소년이 간절히 보고 싶었다. 말 한마디 나눠볼 새도 없었는데 왜 그 소년을 그리워하는지 이상했다. 그 소년과 관계된 모든 일, 모든 감정이 하나의 미스터리였다.

제스는 밖에서 흘러 들어오는 잔물결 소리를 들었다. 잠시 고민하다가 까치발을 하고 아래층으로 내려갔다. 그러고는 거실 창문으로 들어오는 달빛에 할아버지의 그림을 비추어 보았다.

아직 완성되지 않은 이 그림 속 풍경은 예전에 봤을 때보다 더 이해하기 어려운 의문으로 다가왔다. 그리고 한층 더 신비스럽게 보였다. 소년 역시 아직 그림 속에 모습을 드러내지 않았다. 소년이 없는 '리버보이'는 반쪽짜리 그림에 불과했다. 그것은 반쪽짜리 꿈이었다. 그 꿈은 어쩌면 앞으로 영원히 그렇게 남아 있어야 할지도 몰랐다. 할아버지가 그림을 그릴 수 없다면……. 이제 할아버지는 숟가락을 들어 입으로 가져가는 것조차 힘겨워했다. 그러니 제대로 된 붓질은 얼마나 더 힘겨워할까.

그렇다면.

제스는 그것이 어느 정도 자신의 탓이라고 느꼈다. 만일 강가를 돌아다니는 대신 할아버지 옆을 지켰다면. 할아버지가 어서 가보라고, 어서 가서 수영을 즐기라고 권했다고 해서 그렇게 자리를 뜨다니. 할아버지 말을 따른 게 다 옳다고는 볼 수 없었다. 만약 제스가 곁에 있었다면 할아버지는 알프레드 할아버지를 피해 몸을 숨기느라 얼마 남지 않은 기운을 다 뺄 필요가 없었을지도 모른다. 할아버지가 도망가려고 하는 걸 말릴 수 있었을지도 모른다. 안 그래도 할아버지의 기운은 모래

시계 속 모래알처럼 줄줄 새어 나가고 있는데.

제스는 얼굴을 찡그렸다.

이제 와서 스스로를 탓하는 건 소용없는 일이다. 그런다고 나아질 것도 없는데. 제스는 아주 작은 것들도 놓치지 않으려고 노력하면서 다시 한번 그림을 찬찬히 살폈다. 하지만 불을 켜서 그림을 보고 싶지는 않았다. 그때였다. 이상하게도 그림 속 풍경이 밖에서 흐르고 있는 강의 풍경과 하나로 합쳐지는 듯했다. 갑자기 차가운 공기가 몸을 관통하고 지나가는 듯해 제스는 몸을 부르르 떨었다.

도대체 무슨 일이지? 이제는 보고 듣고 느끼는 모든 것이 다 환영처럼 여겨졌다. 자신을 둘러싸고 벌어지는 이 모든 일들이 마치 여러 개의 색실을 짜서 문양을 넣은 양탄자처럼, 지금 자신이 몹시 조심스럽게 쥐고 있는 이 그림처럼, 여러 이미지와 사건들이 얽혀 만들어낸 하나의 장난에 불과한 것 같았다.

그때였다. 무엇인가가 창문 밖에서 움직였다. 제스는 순간적으로 몸을 움츠렸다. 저번과 마찬가지로 이번에도 누군가가 강가에서 움직이고 있었다. 제스는 그림을 몸에 바짝 붙인 채 그림자 같은 형체에 시선을 고정시켰다. 그 소년이다. 틀림없다. 그가 아니면 누가 이 한밤중에 혼자 나와 있겠는가? 소년은 자신을 더 잘 볼 수 있도록 일부러 물길을 따라 내려오는 것 같았다.

갑자기 소년이 걸음을 멈추더니 고개를 들어 제스를 바라봤다. 소년의 얼굴 위로 달빛이 한없이 떨어졌다. 지금 저 아이가 날 보고 있어. 그러나 정신을 차리기도 전에 잽싸게 얼굴을 돌려 제스는 더 혼란에 빠졌다.

소년은 이번에도 검은 반바지만 입은 채 물속에서 움직이더니 집 옆을 돌아 시야에서 사라졌다. 제스는 창턱에 기대어 이 모든 장면을 눈여겨보고는 그림을 꼭 끌어안았다. 용기를 내야 해.

마침내 제스는 그림을 내려놓고 서둘러 거실에서 나갔다.

'이번에는 아무도 내가 나가는 소리를 듣지 못해야 하는데. 특히나 그 소년이 눈치채지 못해야 하는데.'

제스는 문 앞에서 잠시 걸음을 멈추고 귀를 기울였다. 누군가 다가오는 소리도, 할아버지나 아빠가 자신을 부르는 소리도 들리지 않았다. 제스는 옷걸이에서 겉옷을 들어 잠옷 위에 둘렀다. 그리고 아주 조용히 문고리를 돌렸다. 이번에는 한결 쉬웠다.

캄캄한 밤 속으로 발을 내딛자 상쾌한 공기가 코와 입 속으로 밀려 들어왔다. 바람은 잔잔했고 나뭇잎들은 하늘을 배경 삼아 살짝살짝 움직였다. 몇 발자국 앞에서는 강물이 낮이나 밤이나, 제스가 보고 있거나 말거나 상관하지 않고 땅을 구르며 거침없이 달렸다. 제스는 주위를 두리번거리며 그 신비로운 소년을 찾았다.

하지만 소년은 어디에도 없었다.

제스는 잠옷 자락을 살짝 쥐고서 공터를 가로질러 가볍게 뛰었다. 공터 끝자락에 주차된 차가 달빛에 반짝였다. 여기에도 그의 흔적은 없었다. 아마도 소년은 이곳을 지나쳐 더 넓은 강 쪽으로 가버린 모양이었다.

제스는 나무 터널을 따라 더 큰 공터에 닿을 때까지 하류 쪽으로 달리기 시작했다. 길은 강줄기를 따라 나 있었고 강의 너비는 점점 더 넓어졌다. 오늘 오후 할아버지는 여기서 그림을 그리려다가 실패하셨지.

그리고 마침내 그 소년이 모습을 드러냈다.

저기 강 한가운데서 물살을 타고 여유 있게 천천히 헤엄치며 내려가는 소년. 제스와의 거리는 상당히 떨어져 있었고 물살을 탄 소년은 빠른 속도로 멀어져 갔지만, 제스는 몸을 숨겨야겠다는 생각에 서둘러 숲으로 들어갔다. 물론 눈은 계속 소년에게로 고정시킨 채로.

역시나 소년의 수영 실력은 대단했다. 모든 움직임마다 강한 에너지가 느껴졌다. 전문적으로 수영을 배운 솜씨는 아니었지만 힘과 우아함이 절묘하게 어우러졌다. 타고난 감각의 소유자였다. 소년의 움직임을 보고 있으면 누구라도 감탄할 수밖에 없었다.

그때 당황스럽게도 소년이 갑자기 몸을 휙 돌리더니 제스가 있는 쪽으로 헤엄쳐 왔다. 힘차면서도 안정된 동작이었다. 물살을 거슬러 오르는 동작이 이상하게도 몹시 가벼워 보였다. 제스는 뒤로 물러나 가장 가까이에 있는 나무에 바짝 몸을 붙이고, 혹시라도 소년이 자기 쪽으로 가까이 왔다가 그냥 지나쳐서 다시 상류로 올라가면 어떻게 해야 할지 생각했다. 물론 제스는 그에게 말을 걸고 싶었지만 아직은 준비가 안 된 상태였다.

그러나 소년은 제스가 있는 곳까지는 오지도 않았다. 거의 15미터쯤 아래에서 잠깐 멈추더니 강 한가운데 서서 제스가 있는 쪽을 바라보았다.

갑자기 극심한 긴장감이 제스를 덮쳤다. 저렇게 똑바로 여길 쳐다보는 걸 보면 나를 본 게 틀림없어. 제스는 지금 나무 뒤에 숨어 있다. 볼 수 있는 것은 얼굴뿐일 텐데, 그마저도 주변의 나뭇잎에 싸여 제대로 보일 리 없다. 그래서 제스는 섣불리 움직이는 대신 최대한 동작을 자제하며 다시 소년을 바라봤다.

소년은 여전히 제스 쪽을 뚫어져라 쳐다보고 있었다. 들킬까 겁이 났지만 제스도 소년의 얼굴에서 시선을 떼지 않았다. 오히려 더 자세히 소년의 모습을 보려 애썼다. 풍성하고 검은 머리카락이 보였지만 그 머리카락에 얼굴이 가려진 데다 자세히 보기에는 너무 멀리 떨어져 있었다.

여전히 소년은 움직이지 않았다. 얼마나 지났을까, 제스는 비로소 긴장이 풀리는 것을 느꼈다. 눈으로는 소년의 모습을 좇으면서 그가 어떤 행동을 하길 기다렸다. 그러나 소년은 강한가운데 서서 나무 뒤에 숨어 있는 제스를 바라볼 뿐이었다.

아니, 그는 나를 보지 못했어. 제스는 그 소년이 자신을 보지 못했다고 스스로를 안심시켰다. 그러면서 차분히 마음을 가라앉혔다. 그러나 시간이 계속 흐를수록 소년이 무엇인가를 기다리고 있다는 확신이 점점 더 커졌다.

바로 자신을.

아직도 소년은 그곳에 서서 제스를 바라보고 있었다. 제스 역시 나무 뒤에서 꼼짝 않고 그를 바라보았다. 갑자기 소년이 움직이기 시작했다. 더 이상 기다릴 수 없다는 듯이, 이제는 어쩔 수 없다는 듯이 불현듯 방향을 돌려 강이 구부러지는 첫 번째 굽이를 향해 헤엄쳐 갔다. 그리고 곧 제스의 눈앞에서 완전히 사라졌다.

할아버지는 얼굴이 사색이 된 채 침대에 누워 있었다.

드디어 브레머스에서 의사 선생님이 도착한 것이다. 선생님의 이름은 페어웨더. 제스는 이 젊은 의사가 마음에 들었고 한눈에 믿음이 갔다. 하지만 할아버지는 언제나처럼 의사의 존재를 무시하고 그의 충고를 비아냥거릴 게 뻔했다. 아빠는 페어웨더 선생님을 할아버지 방으로 안내한 후, 다시 엄마와 제스가 있는 부엌으로 돌아왔다.

곧이어 의사 선생님도 부엌으로 들어왔다.

"병세가 심각하시네요. 대체 여기서 뭘 하고 계시는 겁니까? 당장 병원으로 모셔야죠."

"아버지께도 그렇게 말씀드렸나요?"

"물론 했지요. 하지만 대답을 들을 수는 없을 것 같습니다."

아빠가 눈살을 찌푸렸다.

"아버지가 병원에 가시는 걸 거부하고 계세요."

"그럼 우리 모두 그분을 설득해야 합니다. 여기 있어봐야 좋을 게 없어요. 환자에게는 적절한 치료와 지속적인 간호가 필요하니까요."

"입원하셔야 한다고 말씀드렸지만 계속해서 거부만 하시네요. 억지로 가시게 할 수도 없는 노릇이고."

"그럴 수야 없지요. 하지만 좀 더 노력해 볼 필요는 있어요."

이어서 아빠는 제스를 바라보며 부드럽게 말했다.

"네가 한번 해볼래? 할아버지께서 널 데려와 달라 하셨어."

아빠의 눈을 응시하며 제스는 순순히 대답했다.

"네."

하지만 제스는 할아버지가 무슨 얘기를 할지 알고 있었다.

"병원엔 가지 않겠다!"

그 이상의 대화는 없을 것이다. 더 설득하려고 해봤자 말만 늘어날 뿐이었다.

그날부터 페어웨더 선생님은 매일 별장을 찾아왔다. 그는 정오쯤 들러서 할아버지를 진찰하고, 나가면서 가족들에게 해야 할 일을 설명했다.

제스는 별다른 변화 없이 꾸물꾸물 흘러가는 그 시간들이 마치 단 하루처럼 느껴졌다. 영원히 끝나지 않을 길고 긴 하루. 제스는 자신이 몇 시간 동안 잠을 자는지 몇 시간 동안 깨어 있는지조차 느낄 수 없었다. 또한 피로가 자신에게 어떤 영향을 끼치는지도 감지하지 못했다. 제스가 끊임없이 느끼고 확인한 사실은 할아버지와 그 주변 사람들을 에워싸며 계속 커져가는 절망의 먹구름뿐이었다.

엄마와 아빠도 그 분위기를 느끼고 있었다. 다만 누구도 말을 하지 않았다. 게다가 할아버지는 거의 한마디도 하지 않았다. 하루가 다르게 수척해져 가는 할아버지는 침대에 누워서도 멍하니 생각 속에 갇혀 있기 일쑤였다. 심지어 사람들이 음식을 먹여줄 때도, 씻겨줄 때도, 화장실 가는 것을 도울 때도, 약을 줄 때도, 그 모든 것들을 기다릴 때도 자신의 세계에서 빠져나오지 않았다.

제스는 할아버지의 자존심을 이해하고 있었지만 한편으로는 왜 아직까지도 편한 병원 생활을 거부하는지 의문이었다. 할아버지는 무엇 때문에 이 별장에 머물려고 하는 것일까? 이런 상황에서조차. 그림은 결코 완성될 수 없다. 이제 할아버지는 붓을 들고 있을 수조차 없다. 게다가 지금은 그림에 대해서는 한마디도 하지 않는다.

아빠 역시 괴로워했다. 그것은 할아버지의 괴로움과는 전혀 다른 종류의 것이었다. 제스는 아빠가 얼마나 할아버지의 사랑을 원하는지 잘 알고 있었다. 하지만 할아버지는 제스에게 쏟아붓는 사랑을 좀처럼 아들에게는 나눠주지 않았다. 사실 지금 할아버지에게 가장 필요한 사람은 바로 아빠였다. 아빠는 할아버지를 위해 궂은일을 도맡아 하고, 며느리나 손녀가 하기 힘든 민망한 일들을 손수 살폈다. 그런데도 할아버지는 아들에게만큼은 그토록 냉정했다. 그것은 아빠뿐 아니라 제스의 마음까지도 아프게 했다. 아빠는 단 한 번도 불평한 적이 없었지만 내심 서운해하는 것만은 분명했다.

그 후로 매일매일 똑같은 일상이 반복됐다. 어제가 오늘 같고 오늘이 내일 같은 날들이 계속해서 이어졌다. 제스는 그날 이후로 다시는 리버보이와 마주치지 않았다. 제스가 더 이상 강 근처로 나가지 않았기 때문일 수도 있다. 그래도 매일 아침 제스는 겉옷 속에 수영복을 입었다. 딱히 의미가 있다기보다는 오랜 습관이었다. 이제 제스는 시간이 날 때마다 수영을 하기보다 혼자서 조용히 휴식을 취했다. 할아버지의 상태가 악화되거나 할아버지로 인해 아빠가 의기소침해지면 강이나 수영, 그 신비로운 소년에 대해서는 아예 까맣게 잊고 말았다.

버려진 그림이 때때로 제스의 마음을 끌어당겼지만 예전과는 다르게 그림의 수수께끼에는 전혀 신경 쓰이지 않았다. 대신 저 침대 위에 누워서 지금이라도 삶을 져버릴 것처럼 신음하는 그림의 주인에게만 마음이 쓰였다.

알프레드 할아버지는 매일 찾아왔다. 가끔은 그레이 부부와 함께였지만 대부분 혼자서 찾아왔다. 이제는 알프레드 할아버지가 반갑기까지 했고, 그의 특이한 습관들조차 거슬리지 않았다. 알프레드 할아버지는 제스 가족들과 교대로 할아버지 곁을 지켰다. 할아버지와의 대화가 썩 유쾌한 일이 아님에도 알프레드 할아버지는 곧잘 할아버지의 말동무를 자청했다.

그러나 할아버지는 시간이 갈수록 거의 한마디도 입을 열지 않았다. 그야말로 완전한 침묵의 세계로 빠져들고 있었다.

그런데 일주일 후 놀랍게도 할아버지가 스스로 입을 열어 제스를 불렀다. 제스는 홀로 할아버지 방으로 가서 침대 가까이로 의자를 끌어당겼다.

"오늘은 저랑 얘기하실래요, 할아버지? 아니면 계속 그렇게 딱한 바보처럼 구실래요?"

"뭣? 딱한 바보?"

"흠, 화를 내시는 걸 보니 아직 멀쩡하시네요. 그동안 이상해지신 줄 알고 놀랐잖아요."

할아버지가 오랜만에 소리 높여 웃었다. 며칠 만에 들어보는 듣기 좋은 소리였다. 하지만 그 웃음은 오래가지 않았다. 할아버지는 곧 다시 우울한 표정을 지었다. 제스는 할아버지 쪽으로 몸을 숙이며 나지막하게 말했다.

"할아버지, 말씀해 보세요."

그러나 할아버지는 눈길을 피한 채 오랫동안 아무 말도 하지 않았다. 제스는 오늘 이것이 할아버지와의 마지막 대화라고 생각하며 대답 듣기를 포기했다. 그런데 잠시 후 할아버지는 들릴까 말까 한 낮은 목소리로 이렇게 말했다.

"이렇게 안 좋아지다니. 내가 말이다. 난…… 어쩌면…… 기대했었다. 이렇게 조금 쉬고 나면 다시 기력이 돌아올 거라고. 그런데 이제는 틀린 것 같다."

할아버지가 제스를 쳐다봤다.

"이제 나를 브레머스의 병원으로 데려가도 좋다. 그림을 완성하기는 영 틀린 것 같구나."

제스는 할아버지의 손을 잡고 잠시 그대로 가만히 있었다. 그 연약하고 마른 손을 있는 힘껏 잡고 기운이라도 불어넣어 주고 싶었지만 할아버지가 아파할까 봐 차마 그것도 못 했다. 살짝 쥔 손을 그대로 놓았다.

할아버지에게서 그런 말을 듣게 되리라고는 생각하지 못했다. 할아버지가 포기할 거라고 생각해 본 적도 없었다. 그러나 할아버지는 포기했다. 그리고 포기했다는 사실 때문에 더욱더 괴로워했다. 패배, 그것은 어떤 물리적인 고통보다도 할아버지를 더 괴롭히는 것이었다. 그림을 완성하지 못한 채 휠체어를 타고 병동으로 들어가 끊임없이 좌절하고 분개하다가 그렇게 세상을 떠나는 것. 그것은 제스 역시 한 번도 상상해 본 적 없는 결말이었다.

물론 제스는 할아버지를 존경했다. 인생의 가장 힘들고 비극적인 시기에 이렇게까지 한 가지 일에 매달릴 수 있다니. 이 자존심 강한 노인에 대해 생각할수록, 살면서 그가 달성한 모든 것들, 그 아름다운 작품들을 생각할수록 제스의 마음은 오히려 커다란 놀라움과 환희로 가득 찼다.

물론 미완성의 그림은 누가 보더라도 실패작일 거다. 하지만 할아버지, 제스가 사랑하고 의지하는 이 고집 센 노인, 평생을 칼칼한 목소리로 남들과 스스로를 꾸짖었던 꼬장꼬장한 노인, 그리고 이제는 이렇게 힘없이 침대에 누워 있는 이 노인. 할아버지는 모른다. 제스가 할아버지를 어떻게 생각하고 있는지, 할아버지가 제스에게 어떤 영향을 끼쳤는지 하나도 모르고 있다.

"할아버지는 실패한 게 아니에요. 절대 그렇지 않아요."

"아니다. 나는 내가 제일 잘 알지."

할아버지의 목소리가 한층 더 희미해졌다.

"네 아빠에게 가서 내일 아침, 병원에 간다고 해라. 난 준비가 됐다고."

할아버지의 얼굴근육과 미세한 신경들도 이제는 점점 무뎌지고 있었다. 그것은 절망의 증거이기도 했다. 제스는 할아버지를 만지고 끌어안고 그 창백한 얼굴에 마구 뽀뽀를 퍼붓고

싶었다. 동정이나 위로가 아닌 그저 사랑이었지만 할아버지
는 동정이라 생각할 것이다.

제스는 마음속에서 소용돌이치는 여러 감정을 애써 억누른
채 할아버지 방에서 뛰쳐나왔다. 아빠와 엄마가 막 집 안으로
들어오고 있었지만 제스는 아무 말도 하지 않은 채 황급히 강
가로 달려갔다. 그리고 무릎을 꿇고 그동안 참았던 울음을 터
뜨렸다.

할아버지는 정말로 쇠약해졌다. 소중한 사람이 곁에서 완
전히 사라진다는 것은 대체 어떤 기분일까. 제스는 한 번도, 불
안에 떨던 그 순간에도, 결국 이런 상황을 맞이하게 되리라고
는 생각하지 않았다. 그토록 절망하고 실망하고 힘없는 할아
버지의 모습을 보게 되리라고는 한 번도 생각해 본 적 없었다.
할아버지의 죽음을 의식하고는 있었지만 말 그대로 모호한
것일 뿐 구체적인 두려움은 아니었다. 그런데 이제는 점점 현
실로 다가오고 있었다.

할아버지는 다시 붓을 잡을 수 없을 것이다. 어쩌면 차라리
잘된 일일 수도 있다. 할아버지는 그림에 너무 집착했고 만족
하는 그 순간까지 그림을 내려놓지 못했다. 화폭에 표현하지
못한 예술적 감수성은 오히려 할아버지 가슴에서 살아 숨 쉬
게 될 것이다. 그리고 할아버지의 마지막 시간에도 큰 영향을
미칠 것이다.

제스는 신발을 벗어 던지고 겉옷을 벗고 수영복만 입은 채 물속으로 걸어 들어갔다. 시원한 물이 한낮의 열기를 식혀주었지만 조금도 즐겁지 않았다.

바닥이 평평해지는 지점까지 걸어가 물이 허리에 닿는 곳에 섰다. 그곳에 서서 반짝거리는 강을 한없이 바라보았다. 수영하기 딱 좋은 날이었다. 따뜻하고 바람도 없고 게다가 오랜만에 느껴보는 물의 감촉은 꽤 신선했다. 마치 강 전체가 제스를 간절히 원하는 것 같았다.

하지만 제스가 간절한 것은 눈물이었다. 제스는 할아버지를 생각하며, 촛불처럼 꺼져가는 할아버지의 삶과 꿈을 생각하며 강에 서서 흐느꼈다.

그때였다. 제스의 뒤에서 조용한 목소리가 이렇게 물었다.

"왜 울고 있니?"

그 소년이었다. 검은 머리가 인상적인 소년. 그도 제스처럼 강 한가운데 서서 제스를 지켜보고 있었다.

제스는 너무 놀란 나머지 숨을 깊게 들이마셨다. 소년이 다가오는 소리를 미처 듣지 못했었다. 서 있는 곳의 물소리가 워낙 큰 데다 밀려드는 슬픔에 너무 압도돼 다른 것은 아무것도 느낄 수 없는 상태였다. 그런데 이런 순간에 소년이 다가오다니. 준비 없는 만남에 제스는 왈칵 당혹감이 솟았다.

소년은 여전히 조용히 서 있을 뿐이었다. 제스뿐 아니라 강 주변의 모든 것을 다 이해한다는 듯한 표정이었다. 제스는 덥수룩하고 검은 머리 사이로 드러난 소년의 얼굴을 찬찬히 훑어보았다.

객관적으로 봤을 때 잘생긴 얼굴은 아니었지만 한 번 보면 잊기 어려울 만큼 인상이 강렬했다. 특히 눈동자에 힘이 있었다. 보기에 따라서는 무섭다고 느낄 만큼 강렬한 불꽃이 두 눈에 서려 있었다. 하지만 한편으로는 부드럽기도 했다. 소년은 제스를 무척 걱정하는 것 같았다.

"왜 울고 있니?"

소년이 다시 물었다. 제스는 한쪽 손을 흐르는 물살에 갖다 댔다. 아직은 낯선 소년에게 마음을 열 준비가 안 돼 있어서 대답 대신 질문을 던졌다.

"넌 누구니?"

소년이 대답하려 했지만 갑자기 자신도 이해할 수 없는 절박하고 긴박한 감정이 울컥 솟아올라 결국 제스는 소년의 대답을 막았다. 있잖아, 아직은 네가 누군지 알고 싶지 않아.

"말하지 마."

제스는 이렇게 중얼거리면서도 스스로의 태도에 당황했다. 예전보다 더 당혹스러운 기분으로 눈을 내리깔며 다시 한번 기어드는 목소리로 말했다.

"네가 누군지 말하지 마. 그냥 조금만 더 그렇게 미스터리로 남아줘. 지금은 더 이상 진실을 받아들일 자신이 없어."

소년이 제스 쪽으로 다가왔다. 제스는 본능적으로 한 발짝 뒤로 물러섰지만 소년은 제스를 지나 수심이 더 깊은 쪽으로 갈 뿐이었다.

그 모습을 지켜보며 제스는 자신이 너무 예민한 것 같아 오히려 미안해졌다. 소년은 위험한 사람이 아니다. 오히려 자기만의 생각에 파묻혀 제스를 전혀 신경 쓰지 않는 것 같았다. 소년은 나무 터널 끝까지 걸어간 후 갑자기 뒤돌아보더니 이렇게 소리쳤다.

"궁금한 게 있으면 뭐든 물어봐."

제스는 여전히 복잡한 기분에 휩싸여 강물을 내려다보았다. 물어보고 싶은 건 너무도 많아. 너는 누구니, 어디서 왔니, 어떻게 그렇게 수영을 잘하니, 왜 나를 찾아왔니, 그 이유가 뭐니.

하지만 아직 그렇게 많은 질문을 쏟아낼 준비가 되지 않았다. 아니, 질문을 한다 해도 대답을 들을 준비가 되지 않았다. 제스는 그 소년이 할아버지와 깊게 연결돼 있음을 느꼈다. 마치 그 소년이 할아버지의 운명을 예견할 것만 같은, 할아버지의 삶과 죽음에 관한 어떤 계시를 해줄 것만 같은 느낌을 받았다.

그래서 두려워졌다.

소년은 머뭇거리는 제스를 뒤로하고 편안히 강물 속으로 들어가서 물살을 따라 조금 헤엄쳐 내려갔다. 그러고는 몸을 뒤집어 배를 내놓고 하늘을 보며 무심하게 둥둥 떠내려갔다. 지난날 나무 뒤에 숨어서 제스가 훔쳐봤을 때처럼.

얼마나 오래된 일처럼 느껴지는가. 그 후로 소년을 다시 보고 싶어서 얼마나 마음 졸였던가. 이제 소년은 눈앞에 있고 예전처럼 서둘러 떠나려고 하지도 않았다. 제스는 소년이 조용하고 편안하게 물속에 누워 있는 모습을 지켜보았다. 그는 독립심이 무척 강해 보였다. 그래서 세상에서 누구도 필요로 하지 않을 것 같았다. 하지만 제스가 울고 있을 때는 강인한 눈빛이 아닌 친오빠처럼 부드러운 눈빛으로 제스를 지켜봤었다.

제스는 나무 터널 가장자리까지 걸어가 걸음을 멈췄다.

"있지……. 할아버지 때문이야. 내가 울었던 이유 말이야."

소년은 아무 대꾸도 안 했지만 제스는 그가 숨소리까지 죽인 채 귀를 기울이고 있다는 것을 알았다.

"할아버지가 죽어가. 그런데 누구도 할아버지를 도와줄 수 없어. 할아버지는 점점 시들어가고 있어. 게다가…… 마지막으로 꼭 하고 싶었던 일도 포기한 채 죽어가고 있어."

제스는 눈을 돌려 강을 바라보았다.

"완성해야 할 그림이 있어. 할아버지에게 아주 중요해. 그런데 이제 더 이상 할 수 없어. 할아버지, 이제 힘이 없거든."

다시 눈물이 솟아나는 것을 느꼈다. 그래서 손을 들어 재빨리 눈을 비볐다. 소년은 배를 하늘로 향한 채 팔을 저어 제스 쪽으로 다가왔다. 그러고는 몇 발짝 떨어지지 않은 곳에서 몸을 일으켜 세웠다. 그들은 흐르는 시냇물 속에서 서로를 마주 보았다.

"네가 하면 되잖아."

소년이 말했다.

"하지만 난 그림을 못 그려."

"할아버지가 널 도와주실 거야."

소년의 눈이 다시금 강렬하게 불타올랐다. 제스는 잠깐 주
춤하면서 혼란스러운 마음으로 그 눈을 바라보았다.

"하지만 할아버지는 손에 힘이 없어. 내가 말했잖아."

눈동자는 더욱더 강렬한 빛을 발했다.

"지금부터는 네가 할아버지의 손이야."

제스는 소년의 강렬한 시선을 더 이상 감당할 수 없어 고개
를 한쪽으로 돌려버렸다. 그리고 왜 그랬는지 모르지만 그대
로 물속으로 들어가 얼굴을 묻었다. 차갑고 신선한 물이 얼굴
에 찰싹하고 맞닿았다. 반갑고 기분 좋은 자극이었다. 제스는
그대로 잠수한 다음 소년과 몇 미터 떨어진 곳에서 다시 수면
위로 올라왔다. 그리고 최대한 빠른 속도로 헤엄쳐 갔다.

한 번도 돌아보지 않고 계속해서 물살을 따라 헤엄쳤다. 너
무해. 할아버지는 죽어가고 있는데 저 아이는 이상한 얘기만
했다. 이제 그만 가야겠다. 이런저런 일은 생각하지 말고 다른
것을 생각하자. 지금은 물살을 헤치는 이 동작에 집중하자.

몇 분이나 흘렀을까. 제스는 동작을 멈추고 물속에서 몸을
일으켰다. 그렇게 오랫동안 헤엄친 것 같지 않았는데도 어느

새 강의 첫 번째 굽이에 서 있었다. 제스는 자신이 헤엄쳐 온 길을 뒤돌아보았다.

바로 거기, 제스와 겨우 몇 발짝 떨어진 곳에 소년이 서 있었다. 소년은 제스 쪽으로 걸어왔다. 조금도 힘들어하는 모습이 아니었다. 숨을 헐떡이지도 않았고 얼굴이 새빨개지지도 않았다. 전과 다름없이 침착한 태도로 소년은 눈을 가리고 있던 머리카락을 쓸어 올렸다.

"할아버지가 그림을 완성하신다면, 소망을 이루고 돌아가신다면 네 상실감이 조금은 줄어들 것 같니?"

"아마도."

제스가 썩 내키지 않는 기분으로 대답했다.

"그럼 할아버지도 좋아하실까?"

"응, 당연해."

"그렇다면 도와드려."

제스는 뭐라고 말해야 할지 몰라 얼굴을 찌푸렸다. 소년은 제스와 1미터도 떨어지지 않은 곳까지 다가와 제스를 똑바로 바라보았다.

"그러고 나면 나를 도와줄래?"

제스가 소년을 바라봤다.

"너를? 무슨 뜻이야?"

소년은 수면과 가까운 어딘가를 응시하며 말했다.

"나도 해야 할 일이 있어. 나한테는 정말로 중요한 일이야. 내 인생에서 가장 큰 도전이야. 그래서 조금 두려워."

소년이 다시 고개를 들었다.

"도와줄래?"

제스는 이 아리송한 부탁을 이해하려 애쓰며 잠시 고민했다. 소년은 진심으로 제스에게 도움을 청하고 있었다. 그 목소리에는 전에 없던 긴박감이 묻어 있었다. 하지만 지금 상태로는 어떤 것도 약속할 수 없었다. 소년은 제스가 마음속으로 생각하는 것까지 완벽하게 알고 있는 듯했다.

"할아버지가 그림을 완성하면 그때는 나를 도와줄래?"

"모르겠어."

덫에 걸린 듯한 기분으로 제스가 대답했다.

"그건 할아버지 상황에 달렸어. 나도 널 돕고 싶지만……지금 난 아무것도 약속할 수 없어. 하지만 만약 내가 결심이 서면 언제 어디로 널 만나러 와야 하니?"

"저 위, 강의 시작점에서. 내일모레 새벽에."

"발원지?"

"응, 폭포 옆에 있는 암벽을 기어 올라가야 해. 하지만 조심하면 별로 어렵지 않아."

"그런데 왜 새벽이야?"

"시간이 좀 걸리는 일이거든. 내가 하려는 일 말이야."

이해할 수 없는 제안이다. 제스는 왠지 불안해졌다.

"이만 난 돌아가야 돼."

"나중에 올 거지?"

"모르겠어."

"그럼 생각이라도 해볼래? 그러겠다고 약속해 줘."

"하지만……."

"생각해 보겠다고만 말해줘."

"좋아. 생각해 볼게. 하지만 온다고 약속한 건 아니야. 그건 할아버지에게 달려 있어. 그리고 엄마 아빠의 기분에도."

제스는 여전히 석연치 않은 기분으로 소년을 바라봤다.

"이제 나 정말 가봐야 해."

제스는 소년의 대답을 기다리지도 않고 물살을 거슬러 상류로 헤엄쳐 갔다. 이번에도 제스는 뒤를 돌아보지 않았지만 아까처럼 소년이 자신을 따라오고 있으리라 생각했다. 제스는 두 사람이 처음 만났던 나무 터널 즈음에서 움직임을 멈췄다. 그리고 두 발로 바닥을 딛고 몸을 위로 쭉 일으켰다. 그 상태에서 가볍게 뒤를 돌아봤다.

하지만 소년은 없었다.

저녁 내내 리버보이의 말이 제스를 끈질기게 따라다녔다. 마치 한번 흥얼거리면 하루 종일 입가에서 떠나지 않는 노래처럼. 제스는 요리를 하고, 감자를 깎고, 야채를 썰고, 쌀을 씻고, 계속해서 엄마를 돕고 있었지만 자신이 무엇을 하고 있는지 의식조차 하지 못했다. 아빠는 방 안으로 들어가서 할아버지가 식사하는 것을 도운 후 어둡고 심각한 표정으로 돌아왔다. 이제 세 사람은 저녁을 먹기 시작했다.

긴 침묵 뒤에 아빠의 목소리가 제스를 생각의 늪에서 흔들어 깨웠다.

"제스?"

제스가 고개를 들어 아빠의 얼굴을 바라봤다.

"제스, 미안하다."

제스는 혼자만의 생각에서 빠져나와 자신을 부르는 사랑하는 가족들에게로 애써 관심을 기울였다.

"응? 뭐가요?"

아빠는 식탁 위로 손을 뻗어 제스의 손을 잡았다.

"할아버지는 내일 병원으로 가실 거야. 할아버지도 인정하셨어. 이렇게까지 상황이 안 좋아지다니. 그렇지 않았다면 좋았을 텐데. 할아버지가 그림을 완성하시고, 그랬다면…… 할아버지는 아직……."

아빠는 입술을 약간 떨다가 말을 멈추고는 제스의 손을 더 세게 쥐었다.

"아빠는 아직도 할아버지를 믿고 있다. 할아버지는 일어나

실 거다. 다시 건강을 되찾으실 거다. 그렇지 않다면…… 아빠
는 그 생각을 하는 것만으로도 참을 수 없구나. 하지만 제스,
이런 상황에서 너를 더 챙기지 못해 미안하다. 너 역시 가슴이
아플 텐데."

"미안해하지 마, 아빠."

그 순간 제스는 리버보이를 떠올렸다.

"그런데 아빠, 내일 꼭 병원에 가야 해요?"

"할아버지가 원하시잖니. 다른 생각이 있니? 애초에 여기
오는 게 아니었는데. 하지만 지금은 할아버지가 오히려 병원
으로 데려다 달라고 하시니까. 언제나 그렇듯 할아버지 말씀
을 저버리긴 힘들구나. 아빠도 할아버지가 병원에 누워 있는
모습을 상상하는 게 고통스럽지만 여기서 이렇게 손 놓고 있
는 것도 더 이상 견딜 수 없구나. 그게 최선이야."

엄마가 말했다.

"제스, 무슨 생각을 했니?"

"그냥……."

그때 리버보이의 말이 다시 떠올랐다.

"나 내일 오전에 할아버지와 함께 있고 싶어요. 둘이서만.
병원에 가기 전에."

"왜?"

제스는 고개를 돌려 창밖을 바라보았다. 희미한 달빛이 강

위로 조금씩 부서지고 있었다.

"내가 할아버지의 손이 돼드리고 싶어요."

아침에 제스는 마음을 단단히 먹고 혼자서 할아버지 방으로 갔다. 마침 할아버지는 깨어 있었지만 제스를 보는 눈에는 힘이 없었다.

"아침 생각 없다."

제스가 아침 식사가 놓인 쟁반을 내려놓자 할아버지가 중얼거렸다.

"병원에서 먹으마. 음식이 먹을 만하다면 말이다."

"아니에요, 오늘은 병원에 가지 않아요."

"갈 거다."

"아니요. 못 가세요. 오늘은 그림을 그릴 거예요. 그러니까 여기서 아침을 드셔야 해요."

할아버지가 순간적으로 얼굴을 찡그렸다.

"무슨 소리냐? 난 붓을 잡지 않을 거다. 더 이상 내게 그런 행운은 없어. 지금은 살고 싶지도 않구나. 배가 고프지도 않아. 그러니 넌 지금 시간 낭비하는 거다."

"음, 말씀은 그만하시고 입 벌리세요."

제스는 빵을 조그맣게 자른 후 하나를 집어 들어 할아버지 얼굴 앞으로 가져갔다.

"싫다고 말했잖아!"

할아버지가 흥분한 얼굴로 외쳤다. 그래도 제스는 아랑곳하지 않고 얼굴 앞으로 빵을 더 가까이 들이밀었다. 할아버지는 입을 굳게 다문 채 그저 제스를 노려볼 뿐이었다. 제스는 한숨을 내쉬면서 당돌하게 말했다.

"착한 아이처럼 입을 벌리실 때까지 계속 이렇게 들고 있을 거예요."

할아버지는 마뜩잖은 시선으로 빵을 바라보더니 이내 투덜거렸다.

"잼이 없잖아."

제스는 할아버지가 잘 볼 수 있도록 할아버지 바로 앞에서 빵을 들고 나이프로 잼을 떠서 빵에 천천히 발랐다. 할아버지는 그 모든 동작을 대단하다는 듯이 지켜봤다. 그러더니 빵 조각을 간신히 밀어 넣을 정도로만 아주 작게 입을 벌렸다. 내키지는 않지만 어쩔 수 없다는 표정이었다.

"천하의 고집쟁이 같으니."

할아버지는 빵을 씹으며 천천히 말했다. 제스는 다시 빵 한 조각을 집어 들었다.

"제가 누굴 닮은 거 같으세요?"

할아버지는 잠자코 나머지 빵을 다 먹었다. 그러면서 제스가 또 어떤 일을 시킬지 두렵다는 듯 두 눈을 제스에게 고정시켰다. 제스가 이번에는 우유가 든 컵을 들었다.

"마시고 싶지 않다. 정말이야."

할아버지는 이렇게 말하고 제스를 진지하게 쳐다봤다.

"알았어요."

할아버지는 침대에 기대어 받은 숨을 몰아쉬었다.

"몇 시지?"

"8시요."

"네 엄마랑 아빠는 어디 있냐?"

"아직 주무세요."

거짓말이다. 아마 지금쯤은 엄마 아빠도 일어났을 것이다. '저 아이가 도대체 뭘 하려고 하는 거지?' 하고 걱정하며 침실에 앉아 있을 것이다. 그러나 엄마 아빠는 이것저것 캐묻지 않았다. 그것이 제스에게는 무척이나 힘이 됐다. 그 믿음이 지금부터 제스가 하려는 일을 돕고 있었다. 만약 제스가 할아버지

와 하려는 일을 엄마 아빠가 직접 본다면 아마 당장 그만두라
고 했을 것이다.

"자, 할아버지. 준비하세요."

할아버지가 제스를 올려다보았다.

"지금 뭐 하는 거냐?"

"앉는 걸 도와드릴게요."

"하지만 난 움직일 수 없어."

"할 수 있어요."

"못 한다. 그리고 움직이고 싶지도 않다. 구급차가 올 때까
지는."

"오늘은 병원에 가지 않아요. 아까 말씀드렸잖아요. 아직은
안돼요."

"갈 거다."

"아니요. 오늘은 그림을 그릴 거예요. 할아버지는 오늘 이
그림을 완성할 거예요. 제가 도울게요."

"바보같이 굴지 마라!"

"바보같이 구는 게 아니에요. 더 이상 아무 말씀도 하지 마
세요. 저는 포기하고 싶지 않아요."

할아버지는 제스의 고집에 짜증이 났는지 얼굴이 벌겋게 달
아올랐다. 제스는 할아버지가 자신을 떼어내려고 안달하는
것을 조용히 지켜봤다. 그러면서 오히려 할아버지의 분노와

의지에 필사적으로 매달렸다. 또한 할아버지의 용기와 자신을 향한 사랑을 믿었다. 제스는 그 힘만이 지금 하려는 일을 도와줄 거라고 생각했다. 제스는 단호하게 말했다.

"할아버지는 그림을 그릴 거예요."

"손을 제대로 쓸 수 없다고 말했잖아. 힘이 하나도 없는데 어떻게 그림을 그린다는 거냐?"

제스는 몸을 앞으로 기울여 할아버지의 얼굴을 똑바로 바라봤다.

"하지만 제가 있잖아요. 제 손이 있잖아요. 우리 함께 그림을 끝내요."

할아버지는 제스의 눈빛을 피하려는 듯 고개를 돌렸다. 잠시 침묵이 흘렀다. 이윽고 할아버지가 다시 제스를 바라봤다.

"침대에서는 안 된다. 난 침대에서는 못 그린다."

"그럼 제가 휠체어에 앉혀드릴게요."

할아버지가 제스에게 눈을 떼지 않은 채 말했다.

"맙소사, 너 같은 고집쟁이는 처음 본다."

"흠, 전 봤는데요."

"이런! 누가 네 남편이 될지는 몰라도 몹시 걱정되는구나."

"휠체어 가져올게요."

제스는 할아버지 마음이 바뀌기 전에 서둘러 밖으로 나가 휠체어를 끌고 왔다.

그런데 할아버지 옷은 어떻게 입혀드리지? 옷을 입혀드리는 것은 원래 아빠 몫이었다. 하지만 지금은 그럴 수 없었다. 제스는 아빠와 엄마, 그 누구도 지금 이 분위기를 깨는 걸 원치 않았다. 할아버지는 이런 제스의 마음을 눈치챈 듯했다.

"옷 따위는 괜찮다. 담요 하나면 충분해. 그림이야 내가 원할 때 그만두면 되니까. 그때는 네가 뭐라 하건 내 맘대로 할 거다. 그리고 바로 침대에 누울 거니까 옷은 입어도 안 입어도 그만이야."

제스는 할아버지를 휠체어에 태우기 위해 몸을 기울였다. 그러자 할아버지가 단호하게 말했다.

"아니, 휠체어에 앉는 것쯤은 나 혼자도 할 수 있다."

"농담이시죠?"

제스는 할아버지 몸을 덮고 있는 이불을 걷고 투덜거리는 목소리를 무시한 채 팔로 할아버지의 어깨를 감고 부드럽게 당겼다.

"자, 할아버지 배를 움직여 보세요. 제가 모든 걸 다 할 수는 없잖아요."

"이런 악당 같으니."

할아버지가 제스 쪽으로 오려고 안간힘을 쓰며 말했다. 할아버지가 욕을 하는 건 좋은 징조였다. 싸울 힘이 있다면 숨 쉴 힘이 있다는 소리다. 그리고 그림을 그릴 힘이 있다는 뜻이기도 했다.

　사실 그 두 가지는 할아버지에게 같은 의미였다.

　"이렇게 나를 몰아붙이니 아마 조만간 내가 하늘나라로 가겠구나."

　"흠, 지금껏 할아버지를 몰아붙인 건 바로 할아버지 자신이었어요. 기억하시죠?"

　제스는 할아버지의 상체를 침대 가장자리로 조금씩 당기며, 우선 다리부터 휠체어에 내려놓았다.

　"저를 꼭 잡으세요."

　할아버지는 팔을 제스의 어깨에 얹고 마치 끌어안 듯 손에 힘을 주었다. 강하지는 않았지만 손마디에 힘이 있었다. 제스는 그 힘이 그림을 그릴 수 있을 만큼 충분하기를 바랐다. 또한 자신에게도 힘이 있기를 기도했다. 할아버지의 팔이 되어 줄 힘, 할아버지의 마음을 움직이고 이 과정을 제대로 견뎌낼 수 있도록 도울 힘, 스스로의 의심을 극복할 수 있는 힘, 이 모든 것이 할아버지에게 도움이 될 거라고 믿는 힘.

　어처구니없는 시도임은 분명했다. 어쩌면 그림을 마쳐야 한다는 부담감 때문에 오히려 할아버지의 건강이 악화될 수도 있었다. 그 순간 리버보이의 말이 떠올랐다.

　'믿는 대로 해. 할아버지가 원한다면 그대로 해.'

　만약 건강이 완전히 회복되기 힘들다면, 죽음의 그림자가 다가오는 것을 더 이상 막을 수 없다면, 할아버지가 소망을 이룰 수 있도록 돕는 게 옳다고 생각했다. 그 가능성을 위해 하루하루 무기력하게 흘러가는 삶의 하루 이틀 정도는 사용해도 된다고 제스는 믿었다.

마침내 할아버지를 휠체어에 앉히고 문 쪽으로 향했다. 별안간 할아버지가 소리쳤다.

"담요!"

제스는 담요를 가져다 할아버지 어깨에 둘렀다.

"아니, 다리에 덮어."

"다리요?"

"저 볼품없이 말라비틀어진 다리 위에 덮어라."

"그렇게까지 말씀하실 필요는 없어요."

제스는 담요를 할아버지의 다리 위에 덮고 휠체어를 밀었다. 위층은 조용했다. 하지만 엄마 아빠가 아래층을 향해 귀를 쫑긋 세우고 있다는 걸 알 수 있었다. 아직 내려오지 않았으면, 하고 제스는 생각했다. 제스가 할아버지를 데리고 밖으로 나가는 걸 알면 역시나 엄마 아빠는 좋아하지 않을 것이다.

그러나 위층은 조용했다. 제스를 부르는 소리도, 엄마 아빠가 아래층으로 내려오는 소리도 들리지 않았다.

제스는 현관문을 열고 밖으로 휠체어를 밀었다.

"그림 그리기 좋은 날씨죠, 할아버지?"

"그래. 그 시끄러운 친구만 나타나지 않는다면 말이다."

"오늘은 안 오실 거예요. 여동생을 보러 브레머스에 가신다고 했어요."

"허허, 그 친구로서는 아깝게 됐군!"

제스는 아무 말 없이 예전에 그림을 그리던 강가로 휠체어를 밀었다.

"이젤이 있어야지. 그게 있어야 그림을 그릴 수 있지."

할아버지가 초조해하며 말했다. 제스는 휠체어가 굴러가지 않도록 브레이크를 건 채 할아버지 어깨 쪽으로 고개를 수그리며 속삭이듯 말했다.

"흐음, 할아버지. 제가 그동안 이젤을 잊어버린 게 몇 번이나 되죠?"

"허엄, 난 그냥 일러주는 것뿐이다."

제스는 작게 킥킥거리며 할아버지 이마에 입을 맞췄다.

"할아버지는 영락없는 심술쟁이 영감님이세요."

제스는 집으로 뛰어가서 물건들을 다시 챙겼다. 붓, 이젤, 물감 등등. 그러면서 당장이라도 엄마 아빠가 위층에서 내려와 무슨 일이냐고, 다시 집으로 들어오라고 야단칠 것 같아 심장이 두근거렸다.

그러나 여전히 위층에서는 아무 소리도 들리지 않았다.

10분 후, 이젤이 세워졌다. 그 위에 아직 완성되지 않은 '리버보이'가 올려졌다. 비로소 그림을 그릴 준비가 끝났다.

제스는 할아버지 옆에 자신이 앉을 보조 의자를 놓고 어떻게 일을 시작해야 할지 생각했다. 할아버지는 아직 그림을 그릴 준비가 안 된 것 같았다. 얼굴이 마치 유령처럼 창백했다. 그 얼굴을 물끄러미 들여다보고 있자니 할아버지 얼굴이 점점 더 하얗게 돼 결국에는 투명인간처럼 사라져 버릴 것만 같았다. 할아버지 얼굴에서 유일하게 강렬했던 두 눈의 광채도 점점 희미해지고 있었다.

그러나 생명의 빛은 점점 수그러들고 있으면서도 꺼질 듯 말 듯 어떻게든 계속 이어져 왔다. 그리고 제스는 그 속에서 자신이 믿고 있는, 할아버지의 강력한 의지를 찾을 수 있었다. 그것이 할아버지를 지탱해 줄 것이다. 지금 제스와 할아버지가 함께하려 하는 이 최후의 도전을 완성시켜 줄 것이다.

시간이 흐르자 할아버지는 점점 더 그림에 흥미를 보였다. 할아버지가 그림을 노려보며 천천히 말했다.

"그래, 이제 뭘 해야 할까? 난 도무지 어떻게 이 일을 시작해야 할지 모르겠구나. 붓도 제대로 들 수 없고 네 도움 없이는 팔도 올릴 수 없는데."

"우리가 할 거예요. 둘이서요."

"네가 나를 참아낼 수 있을지 모르겠다."

할아버지는 잠시 생각한 뒤 얼굴을 찌푸리며 말했다.

"노력해 보자. 나도 너를 참아내려고 노력할 테니."

제스가 살짝 미소 지었다.

"정말요? 할아버지가 진짜 인내심을 발휘할 수 있을까요?"

"계속 그렇게 놀리기만 하면 난 그만둘 테다. 그러니 이제 잡담은 그만하고 이젤이나 이리로 가져와. 저렇게 멀리 놔두면 나더러 어떻게 그림을 그리란 말이냐?"

제스는 웃으면서 시키는 대로 했다.

"제일 먼저 무슨 색깔을 쓰실래요?"

"검정색을 만들어다오."

"에? 검정색이요?"

할아버지가 살짝 눈썹을 추켜올렸다.

"귀라도 먹은 게냐?"

"흠, 알았어요. 검정색, 검정색."

제스는 이렇게 할아버지와 대화하는 시간이 좋았다. 애정이 듬뿍 담긴 유쾌한 농담들. 그러나 이런 순간에도 시간은 냉정하게 흘러가고 있다는 것을 제스는 알고 있었다. 그러니 이제 그만 할아버지가 그림에 집중하게끔 도울 차례였다. 제스는 할아버지가 말한 대로 검정색을 준비하고 다음에 무엇을 해야 할지 기다렸다. 할아버지는 말하는 대신 손을 움직이려고 했다. 손을 앞으로 뻗고자 안간힘을 쓰는 모습을 보고 제스는 얼른 붓을 집어 할아버지 손가락 사이에 끼워줬다. 할아버지는 잠시 제스를 쳐다본 뒤 다시 그림으로 얼굴을 돌렸다.

"그림 위쪽에서 오른쪽으로 붓을 움직이며 그려 내려가고 싶구나. 제스, 네가 좀……."

"팔을 들어드릴까요?"

"그래. 네 손으로 내 손을 감싸라."

아뿔싸, 벌써 붓이 할아버지의 손에서 미끄러지고 있었다.

"제가 할게요."

제스는 할아버지 옆으로 몸을 바짝 붙이고 의자 가장자리에 엉덩이를 걸친 채, 붓이 제자리에 붙어 있도록 손으로 할아버지 손가락을 쥐었다.

"너무 세게 쥐지는 마. 안 그러면 붓을 놀릴 수 없으니까. 그래 됐어. 이제 그려보자. 그래……."

그러나 곧 할아버지는 얼굴을 찡그렸다. 팔을 좀 더 들어 올리려 하는 게 느껴졌다.

"잘 안되는구나. 이 망할 붓을 제대로 들지 못하겠다."

"제가 해드릴게요, 할아버지."

제스는 오른손으로 할아버지가 붓을 들 수 있도록 손가락을 감아쥐고, 다른 한 손은 할아버지 팔꿈치 밑에 받친 채 부드럽게 팔을 들어 올렸다.

"아프세요?"

"조금…… 하지만 참을 만하구나."

할아버지가 그림을 다시 응시했다.

"어떻게 해볼 수도 있을 것 같은데……."

할아버지는 물에 빠진 사람이 지푸라기에 매달리듯 필사적으로 두 눈을 그림에 고정시킨 채 몸을 앞으로 뻗었다. 제스는 그 필사적인 의지를 통해 할아버지에게 아직 에너지가 남아 있음을 느꼈다.

드디어 붓이 최초의 점을 찍었다.

"아래로."

할아버지가 중얼거렸다.

"아래로. 아니, 그렇게 말고. 조금씩 움직여, 아래로 조금씩. 내 손을 다시 빼다오."

할아버지는 허공에서 가볍게 손을 움직였다.

"이렇게 말이야, 알았지? 아래쪽으로 가볍게 칠하면서 조금씩 움직이는 거야. 붓을 한 번에 크게 움직이면 안 돼. 그러면 그림이 망가진다. 어서 하자."

제스는 할아버지의 손을 다시 그림 쪽으로 가져갔고, 할아버지는 솜털 같은 검은 눈송이들을 그려나갔다. 검은빛이 감도는 조그만 반점들은 천천히 강의 풍경을 어둡게 물들였다. 제스는 벌써부터 팔이 저렸다. 하지만 저렇게 무서운 집념으로 그림에 파고드는 할아버지를 방해할 수 없었다. 잠시 생각한 후 제스는 무릎에 오른쪽 팔꿈치를 조심스레 받쳐 할아버지 팔의 무게를 감당하려 했다. 하지만 손목은 여전히 저렸다. 어쩔 수 없었다. 아파도 참을 수밖에 없었다.

할아버지는 제스의 이러한 움직임을 전혀 알아차리지 못한 것 같았다. 그림에 몰두했을 때 볼 수 있던 강렬한 번뜩임이 지금 할아버지 얼굴에 자리하고 있었다. 할아버지가 쇠약해지기 이전의 모습, 쓰러지고 난 후에도 제스가 그토록 보기 원했던 그 모습이었다. 할아버지는 손을 어디로 움직일 것인지 또는 어떻게 붓을 터치하길 원하는지 등만 간단히 말했을 뿐 그 외에는 아무 말도 하지 않았다.

그러나 터치는 항상 똑같았다. 아래를 향한 작고 가벼운 붓놀림, 색은 항상 검은색이었다. 그것이 제스를 당황스럽게도 만들었다. 할아버지는 자신이 원하는 그림을 정확하게 알고 있었고, 그 마음을 따라서 정확히 붓을 움직였지만 그럴수록 제스가 상상했던 이미지는 점점 사라져 갔다. 그림의 오른쪽 아랫부분은 작고 검은 얼룩들로 거의 뒤덮였고, 이제는 그 검은 눈송이들이 위쪽으로 점점 번져갔다.

이해할 수 없었다. 여전히 안개 긴 강은 그림 한가운데서 빛을 발하고 있었지만 아래위의 검은 점들 때문인지 그림은 처음 본 이미지와는 사뭇 달랐다. 할아버지는 오른쪽 윗부분을 검은 반점으로 덮은 다음 다시 왼쪽을 채워 나갔다. 여전히 검은색이었다. 시간이 얼마나 흘렀을까. 어느새 할아버지 얼굴에는 땀방울이 맺혔고 그렇게 피 나는 노력 끝에 왼쪽 윗부분을 검은 반점으로 뒤덮는 작업도 끝이 났다. 할아버지는 나름대로 만족스러운 듯한 얼굴이었다.

제스는 이제 할아버지가 또 어느 부분을 검은색으로 덮을지 궁금했다. 왼쪽 아랫부분이 남아 있는데. 할아버지는 의자에 몸을 깊숙이 파묻으며 제스를 바라보았다.

"끝났다."

그림을 그리기 시작한 지 세 시간이 흐른 뒤였다. 두 사람 다 기진맥진했다. 제스는 할아버지를 쳐다보다 둘을 이렇게 지치게 만든 그림으로 눈을 돌렸다.

여전히 소년은 보이지 않았다.

"최고라고는 할 수 없군."

아빠가 말했다. 지금 아빠는 햇빛에 그림을 비춰 보는 중이
다. 엄마도 그 옆에 서서 그림을 찬찬히 살폈다. 제스는 아빠와
엄마가 쓸데없는 짓을 했다고 나무라지 않은 것만으로도 감
사해하며 아무 말 없이 식탁에 앉아 있었다. 조금 전에 들은 얘
기지만 사실 엄마 아빠는 제스와 할아버지가 무슨 일을 벌이
고 있는지 전부 알고 있었다. 위층 침실 창문을 통해 두 사람이
그림 그리는 모습을 지켜봤던 것이다.

"이번 그림은 좀, 뭐라 말할 순 없지만…… 아마 망치신 것
같네요."

엄마가 말했다.

제스는 그 소리에 본능적으로 뒤를 돌아다봤다. 물론 그 말을 할아버지가 들었을 리는 없다. 조금 전 완전히 힘이 빠진 채로 침대에 누웠기 때문이다. 너무 기진맥진해서 오늘 중으로 일어날 수 있을지조차 의심스러울 정도였다. 할아버지는 그림 그리는 일에 모든 힘을 쏟은 것이다. 그럼에도 작업을 마치자 할아버지는 눈에 띌 정도로 활력을 되찾았다. 별장에 도착할 때쯤 할아버지는 한껏 들떠 있었다. 엄마 아빠에게 그림을 완성했다고 말하는 할아버지 목소리에는 자긍심이 배어 있었다.

실제로 할아버지는 기분이 더 좋아졌고 기운이 솟는 것 같다고 말하기도 했다. 하지만 제스는 그것이 일시적이라는 것을 알았다. 어쨌든 할아버지는 너무 지쳐 있어서 지금 당장은 좀 더 쉬어야 했다. 병원에 가는 문제는 내일 아침 결정해야 할 것이었다. 중요한 것은 누가 뭐라 하건 할아버지가 완성된 그림을 만족스럽게 생각한다는 것이었다.

엄마가 다시 말했다.

"왜 그림 제목이 '리버보이'일까? 그림 속에 소년이 없잖아."

제스는 창밖의 강물을 바라봤다. 저기 어디선가 자신을 기다리는 또 다른 사람이 있다. 또 다른 '리버보이'가 자신을 기다리고 있다. 그 소년은 제스를 기다리며 앞으로 자신이 해야 할 커다란 도전을 생각하고 있을 것이다. 제스에게 도움을 요청했던 것을 생각하며.

제스는 잠깐 동안 짧은 한숨을 내쉬었다.

제스는 '리버보이'를 알고 있었다. 자신이 알고 있는 '리버보이'는 이제 그 소년뿐이다. 제스는 자신과 소년이 기묘하게 얽혀 있는 것을 마음속으로 느꼈다. 소년에 대해 생각하면 할수록 그의 존재감이 저 강에서부터 자신의 마음속으로 차츰차츰 스며드는 것 같았다.

제스와 소년을 연결시킨 것은 저 그림이다. 소년의 존재를 의심하게 만들고, 이상하게 여기도록 만들고, 혹시 자신과 소년이 어떤 식으로든지 연결돼 있는 게 아닐까 생각하게 만든 것은 바로 저 그림이었다. 그러니 소년은 자신의 존재감을 저 그림에게 빚지고 있는 셈이다. 하지만 저 그림을 완성시키라고 설득한 것은 다름 아닌 소년이었다. 그러니 이제는 저 그림도 소년에게 자신의 존재를 빚지고 있는 셈이다.

제스는 그림을 들여다봤다. 할아버지가 마지막 힘을 짜내 완성한 그림, 그러나 제스는 그 그림을 이해할 수 없었다. 어쩌면 먼 미래에, 더 안목 있는 사람들의 눈에는 이 그림이 굉장해 보일지도. 아니, 모르겠다. 어쩌면 이 그림은 서서히 죽어가는 한 남자가 소녀의 손을 빌려서 발작적으로 토해낸 마지막 환상일지도 모른다.

오후 늦게 할아버지가 깨어나 약간의 수프를 청했다. 아빠가 수프를 만들어서 할아버지에게 가져갔다. 한동안 아빠는 할아버지와 함께 앉아 있었다. 그런 후에 제스를 불렀다.

"또 너를 찾으시는구나."

아빠의 얼굴은 서운함과 실망감으로 약간 일그러져 있었다. 제스가 아빠에게 어떤 말을 건네야 할지 잠깐 고민하는 사이에 아빠는 제스에게서 몸을 돌렸다. 그러고는 식탁에 쟁반을 쿵 하고 내려놓았다. 엄마가 그런 아빠의 모습을 물끄러미 쳐다보았다.

"가볼게요."

제스가 방에 들어가 보니 할아버지는 머리를 뒤로 젖힌 채 입을 벌리고 눈을 감고서 침대에 누워 있었다. 제스는 침대에서 떨어지려 하는 베개를 손으로 잡아 평평하게 폈다. 그때 할아버지가 눈을 뜨고 제스의 눈을 바라보았다. 그러더니 아주 힘겹게 손을 뻗어 제스의 손을 잡았다.

제스는 할아버지 옆에 무릎을 꿇고서 할아버지가 하는 말을 듣기 위해 주의를 기울이며 기다렸다. 한동안 침묵이 무거운 공기 사이를 조심스레 머물렀다. 느리고 고르지 못한 숨소리만이 간간히 방 안을 울렸다. 결국 할아버지가 입술을 움직였다. 제스는 그 움직임을 눈치챘다.

"얘야…… 고맙다."

할아버지는 더 이상 말하지 않았지만 손을 맞잡은 채 제스의 두 눈을 지그시 들여다보았다. 그러더니 다시 무슨 말을 하려는 듯 입술을 움직였다.

"난 네가…… 네가…… 참…….."

"할아버지, 애쓰지 마세요."

"참 자랑스럽다. 네가 참…… 자랑스러워……"

"저도 할아버지가 자랑스러워요. 우리가 함께한 일이에요.
저는……"

제스는 할아버지의 입술이 떨리는 것을 보고 잠시 말을 멈
췄다. 할아버지는 흐릿한 음성으로 다시 말했다.

"말해다오……. 말을……. 내가 널 위해 뭘 해줄지……"

제스는 울음을 참으려고 시선을 아래로 내려뜨렸다. 이것
이 할아버지와 보내는 마지막 시간일지도 모른다는 생각을
떨쳐버리려 노력하며. 제스는 할아버지에게 부탁할 게 없었
다. 최소한 자신을 위해 무엇을 해달라고 부탁할 수 없었다. 그
동안 할아버지는 자신을 위해 그토록 많은 것을 해주었는데
무엇을 더 바랄 수 있을까? 단지 할아버지가 아빠에 대한 사랑
을 좀 더 표현해 주기를 원했지만 사랑은 부탁한다고 되는 게
아니었다.

제스는 할아버지의 얼굴을 다시 들여다보았다.

"그냥 행복해 주세요, 할아버지."

그것이 제스의 마지막 부탁이었다.

저녁 때 할아버지의 얼굴은 훨씬 밝아 보였다. 사람들과 유쾌하게 농담도 주고받았다. 몸이 좋아졌다며 어쩌면 병원에 갈 필요 없이 남은 휴가를 이곳에서 보내다가 집으로 돌아갈 수 있을지도 모르겠다고 말했다. 단, 그림은 그리지 않겠다고 덧붙였다. 그림 그리는 일은 너무 힘들다고, 특히 제스 같은 냉정한 감독관이 있으면 더더욱 그렇다고 웃으며 말했다.

제스는 이런저런 얘기를 조용히 듣고 있었다. 그리고 할아버지가 웃을 때마다 함께 웃었다. 할아버지가 기분이 좋고 편안한 것을 보니 제스도 참 좋았다. 할아버지는 이제 짐을 벗어버린 듯 한결 가벼운 표정으로, 마치 미래가 계속 존재하는 양 앞으로의 이야기를 펼쳤다. 그 이야기를 듣고 있으니 제스 역시 희망으로 가슴이 부풀어올랐다. 그래, 어쩌면 할아버지는 이 모든 것을 극복해 내실지도 몰라.

어느덧 해가 지고 있었다. 제스는 홀로 밖으로 나가 할아버지와 함께 그림을 그리던 곳으로 내려갔다. 물가에 서서 한 조각 남은 햇빛이 서쪽 하늘로 사라져 가는 것을 바라보았다.

내일…… 내일은 어떤 일이 일어날까. 할아버지에게는 얼마나 많은 내일이 남아 있을까. 할아버지는 앞으로도 항상 곁에 있을 것처럼 말했다. 제스 역시 그 낙천적인 이야기들을 들으며 즐거워했지만 알고 있었다. 제스가 알고 있는 내일은 단 하루뿐이었다. 그 앞에 펼쳐져 있을 '다른 내일'들은 바로 다음 순간 다가올 '내일'이 지난 후에야 생각할 수 있을 것이다.

서늘한 공기가 제스를 스치고 지나갔다. 제스는 누군가에게 말했던 '어떤 약속'을 떠올렸다. 강은 한순간도 멈추지 않고 계속해서 바다로 흘렀다. 강은 결코 잠드는 법이 없었다.

"리버보이, 난 널 볼 수 없지만 네가 거기 있는 걸 알아. 네가 누구든, 네가 무엇이든 말이야. 그리고…… 네가 내 말을 들을 수 있다고 생각해."

제스는 목소리를 한층 더 낮추고 강에게 건네듯 계속 말했다.

"그래, 나도 왜 그런 생각을 하는지 모르겠어. 지금 내 앞에는 아무도 없는데 왜 네가 내 말을 들을 수 있을 거라고 생각하는지. 어쩌면 그러길 바라는 건지도 몰라. 네가 마법을 부릴 수 있다고, 넌 평범한 소년이 아니라고 믿고 싶은 건지도."

제스는 생각을 정리하기 위해 말을 잠깐 멈췄지만 생각은 강물보다 더 빠르게 머릿속을 흐르고 있었다.

"넌 왜 내가 도와주길 원하는 걸까. 네가 하려고 하는 그 '두려운 일' 말이야. 이유는 모르겠지만 널 위해서 내일 새벽에 강가로 나갈 거야. 강이 시작하는 곳에서 널 도울게……. 하지만 오래 있을 수는 없을 거야. 할아버지에게 가봐야 하니까."

제스는 말을 마치고 잠깐 동안 두 눈을 찡그렸다. 문득 누군가가 자신을 보고 있는 듯한 기분이 들어 제스는 고개를 들었다. 그 순간, 제스는 소년이 자신의 말을 들었다고 확신했다.

얼마나 시간이 흘렀을까. 눈을 떠보니 아직 칠흑 같은 밤이었다. 제스는 이상하게 설레는 마음으로 자리에서 일어나 눈을 비비고 창문을 쳐다봤다.

오늘도 달빛이 창턱을 환하게 비추고 있었다. 강물의 노랫소리는 쉴 새 없이 머릿속을 스쳐가는 여러 생각처럼 여전히 계속됐다. 그 소리는 제스를 통과해 질주했다. 제스는 일어나서 가운을 걸치고 할아버지 방으로 살금살금 내려갔다.

방문은 열려 있었다. 할아버지 침대 옆에는 자그마한 종이 있었다. 필요한 게 있을 때마다 누를 수 있도록 아빠가 놓아둔 것이었지만 할아버지는 이제 그 누구도 필요로 하지 않았다.

할아버지는 깊은 잠에 빠져 있었다.

제스는 잠시 서서 할아버지를 지켜본 다음 천천히, 살금살금 걸어가 침대 옆에 앉았다. 할아버지는 아무 반응이 없었다.

할아버지 얼굴 가까이 자신의 얼굴을 가져갔다. 하고 싶은 말은 많았지만 차마 할아버지를 깨울 수는 없었다. 할아버지는 아이처럼 고요하게 잠들어 있었다.

제스는 조그맣게 입을 열었다.

그때 할아버지가 몸을 약간 움직였고 머리가 제스 쪽으로 좀 더 기울어졌다. 제스는 자기 때문에 할아버지가 깬 것일까 걱정했지만 곧이어 울려 퍼지는 고른 숨소리를 듣고 안심했다. 할아버지는 여전히 잠들어 계셨다.

참 이상한 일이야. 제스는 할아버지를 바라보며 생각했다. 죽음을 눈앞에 둔 할아버지의 얼굴은 오히려 아무 걱정 없는 어린아이처럼 맑았다. 할아버지는 다시 젊은 시절로 돌아간 듯했다. 작업실에서 열심히 일한 뒤 곤한 잠에 빠져든 젊은이의 모습, 지금 할아버지는 그렇게 보였다.

제스는 하고 싶은 말을 머릿속으로 정리한 뒤 그것을 어떻게 표현할까 잠깐 생각했다. 하지만 입을 열었을 때 조그마한 입에서 흘러나온 말은 이것뿐이었다.

"사랑해요, 할아버지."

이 말이면 충분했다.

동트기 전 제스는 불도 켜지 않은 채 엄마 아빠에게 짧은 쪽지를 남겼다.

'산책하러 가요. 곧 돌아올게요.'

쪽지를 식탁 위에 조심스럽게 놔두고 제스는 집에서 빠져나왔다.

사실 제스는 엄마 아빠가 쪽지를 보기 전에 다시 집으로 돌아올 수 있다고 생각했다. 강의 시작점에서 소년을 만나고 돌아오는 데 그리 많은 시간이 걸리지 않을 것이다. 소년은 꽤 많은 시간이 걸릴 거라고 말했지만 제스는 누가 깨기 전에, 특히 할아버지가 깨기 전에 집으로 돌아오리라 결심했다.

제스는 비탈을 올랐다. 아직 별이 반짝이고 있었지만 시간이 지날수록 어둠은 저 끝으로 물러갔다. 밤바다처럼 일렁이던 하늘은 점점 회색빛으로 물들어 갔다. 해가 뜰 때쯤에는 강이 시작하는 곳에 있어야 한다. 그러려면 발걸음을 늦출 수 없었다. 제스는 서둘러 산길을 올랐다. 걸어가면서 협곡으로 세차게 흘러가는 폭포를 마음속에 그렸다. 폭포가 떨어지는 곳에서 리버보이를 처음 만났었지.

어쩌면 소년은 오늘도 그렇게 서 있을지 모른다. 물살이 세차게 흘러내리는 가장 위험한 곳에 서서 허리를 꼿꼿이 편 채 물을 내려다보고 있는 키 큰 소년. 아마 할아버지도 어렸을 때는 그렇게 서 있었을 것이다.

한 시간 동안 부지런히 걸었더니 마침내 폭포수가 떨어져 고인 커다란 웅덩이에 이르렀다. 폭포를 올려다봤지만 그곳에는 아무도 없었다.

시시각각 밝아지는 하늘만이 있을 뿐이었다.

곧 동쪽 하늘에서 태양이 떠오를 것 같았지만 협곡의 암벽 때문에 아직은 그 기운을 느낄 수 없었다. 제스는 암벽을 훑어보며 표면을 더듬다가 위로 올랐다. 온몸에 약간의 전율이 일었다.

그러나 멀리서 봤을 때와는 전혀 달랐다. 눈으로만 봤을 때는 바위 틈새와 돌출부가 많아서 올라가기 쉬워 보였지만 반쯤 올라가다 보니 잡을 곳이 마땅치 않았다. 제스는 암벽에 매달린 채 양쪽 바위를 살폈다. 어느새 마음속에서 스멀스멀 불안감이 기어 나왔다. 제스는 이리저리 둘러보다가 오른쪽으로 폭포 물줄기 가까운 곳에 있는 조그만 바위 턱을 발견했다.

잠시 주저하다가 팔을 뻗었다. 그러면서 균형을 잃는 끔찍한 상상에 잠깐 동안 사로잡혔지만, 이내 그 상상을 몰아내고 손가락을 바위 턱의 울퉁불퉁한 끝으로 뻗었다. 가슴 깊은 곳에서 거친 숨이 몰아쳐 나왔다. 제스는 돌출된 곳을 손으로 잡고 힘겹게 다리를 뻗어 몇 발짝 아래에 있는 갈라진 틈으로 발을 들이밀었다. 그러고는 곧바로 바위 표면에 몸을 바싹 끌어당겨 밀착시켰다.

이제 제스는 폭포 물줄기에서 겨우 몇 발짝 떨어져 있을 뿐이었다. 우레와 같은 물소리에 겁먹지 않으려고 애쓰며 잠시 기다렸다 다시 위로 움직였다. 다행히 그곳에는 커다란 틈이 있었고, 그 위로도 잡을 곳이 몇 군데 더 있었다.

점차 바위 타기가 수월해지면서 제스는 가까스로 불안감으로부터 벗어나 빠르게 기어올랐다. 폭포 위로 올라가니 떨어지는 물과는 대조적으로 평평한 수면이 나타났다. 그리고 그 위로 또다시 오르막이 보였지만 이번에는 고작 100미터 정도의 거리였다. 곧 강의 시작점에 다다를 터였다.

제스는 바위 가장자리를 기어오르며 정상으로 향했다. 이제 해는 산등성이 위로 솟아오르고 하늘은 점점 더 환해져 갔다. 강물은 좁아졌지만 여전히 놀랍도록 세찬 물줄기를 내뿜었다.

길이라고는 없었지만 딱히 길이 필요하지도 않았다. 걸어가면서 바위는 점점 더 자취를 감췄고 땅은 훨씬 푹신푹신해졌다. 조금 더 올라가자 여러 곳에서 흘러 내려오는 작은 지류들이 보였다. 그 지류들이 합쳐지면서 지금껏 제스가 따라 올라온 강줄기를 이루고 있었다.

그 여러 물줄기 중에서도 중심이 되는 곳이 있었다. 제스는 두근거리는 심장 소리를 느끼며 그 물줄기를 따라갔다. 그렇게 몇백 미터 정도 더 걸어가자 눈앞에 펼쳐진 곳은 바로 강의 시작점이었다. 그곳은 늪과 이끼와 황새풀로 뒤덮여 있었고 바닥은 질퍽거렸다. 땅에서 물이 졸졸 흘러나와 조그만 개울을 이루며 비탈로 똑똑 떨어져 내렸다. 물줄기는 가늘었지만 점차 힘찬 강물로 바뀌며 부드러운 땅에 도랑을 팠다. 물줄기의 힘과 세기는 점점 더 강해졌다.

그리고 그곳, 발원지의 한가운데에 그 소년이 있었다. 소년은 우뚝 솟은 바위 위에 앉아 있었다. 새벽의 찬 공기에도 불구하고 여느 때와 마찬가지로 검은 반바지만 입고 있었고, 제스를 보고도 전혀 놀라지 않았다. 소년은 아무 말 없이 나름대로 진지하게 제스를 향해 고개를 끄덕여 보였다.

제스는 다소 어색함을 느끼며 소년 앞에 서서 그가 말을 꺼내기를 기다렸다. 그러나 소년은 생각에 잠긴 듯했고, 그곳까지 올라온 제스에게 조금도 고마워하지 않는 것 같았다. 오로지 소년을 돕기 위해 이른 아침 길을 나선, 그것도 무엇을 해야할지도 알지 못하는 상태에서 힘들게 올라온 제스에게 아직까지 한마디도 하지 않은 채였다.

제스는 순간적으로 짜증이 솟구쳤다. 그 순간 소년이 제스를 향해 미소 지었다.

"와줘서 고마워."

제스는 얼굴이 화끈 달아오르는 것을 느꼈다. 소년은 다시한번 해맑게 웃더니 고갯짓으로 제스 뒤쪽을 가리켰다.

"한번 봐."

제스는 자신이 올라온 곳으로 고개를 돌렸다. 방금 전까지 힘겹게 올라온 폭포의 정상 너머 서쪽으로 구불구불 나 있는 계곡과, 바다를 향해 굽이쳐 흘러가는 강이 아침 햇살에 반짝반짝 빛났다. 그 뒤로 바다가 있었다. 대단한 광경 앞에서 제스의 가슴은 소리 없이 뛰었다. 바다는 마치 하늘에 둥실 떠 있는 짙푸른색 구름처럼 보였다.

제스는 발아래 물을 내려다보았다. 이 조그만 개울이 먼 곳에 있는 저 거대한 바다와 연결돼 있다는 게 믿기지 않았다.

소년 시절 여기에 서 있었을 할아버지를 다시 한번 상상했다. 틀림없이 지금의 제스처럼 넋을 잃고 바다를 바라보고 있었을 할아버지의 모습을. 그 아득한 옛날에 오직 하늘과 바람을 벗 삼아 이곳에 서서 할아버지는 무슨 생각을 했을까? 어린 예술가의 눈에는 이 모든 것들이 어떻게 보였을까?

제스는 바다에서 눈을 떼지 못한 채 소년 옆에 앉았다.

"저렇게 멀리까지 보일 줄은 몰랐는데. 이건 마치…… 마치……."

제스는 마치 성스러운 장소에 있는 사람처럼 소리 죽여 속삭였다.

"사람의 일생을 보는 것 같지?"

"일생이라고?"

제스는 그 말이 무슨 뜻인지 알면서도 고개를 돌려 다시 소년을 바라보았다.

"강의 일생일 수도 있고."

소년의 눈은 수평선에 고정되어 있었다.

"강은 여기에서 태어나 자기에게 주어진 거리만큼 흘러가지. 때로는 빠르게 때로는 느리게, 때로는 곧게 때로는 구불구불 돌아서, 때로는 조용하게 때로는 격렬하게. 바다에 닿을 때까지 계속해서 흐르는 거야. 난 이 모든 것에서 안식을 찾아."

"어떻게?"

"강물은 알고 있어. 흘러가는 도중에 무슨 일이 생기든, 무엇을 만나든 결국엔 아름다운 바다에 닿을 것임을. 알고 있니?

결말은 늘 아름답다는 것만 기억하면 돼."

"하지만 죽음은 아름답지 않아."

제스는 할아버지를 생각하며 말했다.

"아름답지 않은 것은 죽음이 아니라 죽어가는 과정이겠지."

소년이 여전히 바다를 바라보며 말했다.

"삶이 항상 아름다운 건 아냐. 강은 바다로 가는 중에 많은 일을 겪어. 돌부리에 치이고 강한 햇살을 만나 도중에 잠깐 마르기도 하고. 하지만 스스로 멈추는 법은 없어. 어쨌든 계속 흘러가는 거야. 그래야만 하니까. 그리고 바다에 도달하면, 다시 새로운 모습으로 태어날 준비를 하지. 그들에겐 끝이 시작이야. 난 그 모습을 볼 때 마음이 편안해지는 것을 느껴."

제스는 소년이 말하려는 게 무엇인지 정확히 알 수 없었지만, 아무 말도 하지 않았다. 소년도 한동안 조용히 있더니 다시 입을 열었다.

"오늘 여길 떠날 거야."

"떠나? 왜?"

"이제 강을 보내야 할 시간이야."

"강을…… 보낸다고?"

소년이 고개를 끄덕였다.

"이제 강을 보내줘야 해. 마냥 붙들고 있을 순 없어. 하지만 아직 한 가지 해야 할 일이 있어."

소년은 제스를 힐끗 쳐다보며 말을 이었다.

"난 바다까지 헤엄쳐 갈 거야."

"뭐? 제정신이야? 바다는 여기서 40킬로미터나 떨어져 있다고."

"똑바로 가면 그렇고, 강을 따라가면 70킬로미터지."

"70킬로미터?"

"아마 몇 시간은 족히 걸릴 테지만 물살이 도와줄 거야. 물살에 몸을 맡기면 자연스럽게 바다로 흘러갈 수 있을 거고. 난 할 수 있어. 여기서부터 적당한 곳을 찾을 때까지 물속을 걸어갈 거야. 몸을 담그고 수영할 수 있을 만큼 깊은 곳까지."

제스는 걱정해야 할지 감탄해야 할지 결정하지 못한 채 소년을 똑바로 쳐다봤다. 그러나 소년은 제스를 보면서 담담하게 말했다.

"나랑 같이 가자."

이 한마디가 제스의 마음에 작은 소용돌이를 일으켰다.

"뭐?"

"나랑 같이 가자, 제발. 혼자 가기가 조금 무서워."

"하지만……"

"제발. 물론 힘들겠지만 넌 할 수 있어. 넌 수영을 위해 태어난 애야. 늘 이런 걸 꿈꿔오지 않았니?"

소년의 눈빛이 다시 강렬해졌고 제스의 마음도 흔들렸다.

소년의 제안은 확실히 매혹적이었다. 강이 시작하는 곳에서부터 바다까지 수영해서 가다니. 그 기나긴 여행은 실제로 제스가 늘 원했던 크나큰 도전이었다. 그러나 제스는 지금 자신이 해야 할 말을 알고 있었다.

"아니. 난 할아버지 곁에 있어야 해. 너도 알잖아."

소년의 눈 속에서 이글거리던 강렬한 불꽃이 점차 희미해졌다. 그는 눈을 돌려 다시 바다를 바라보았다. 이 신비한 소년은 자신과 함께 가기를 진심으로 원하고 있다. 제스는 그 사실을 깨닫자마자 주체할 수 없는 슬픔을 느꼈다. 소년을 따라나설 수 없음을 알면서도, 지금 자신이 소년을 실망시켰으며 이상한 일이지만 스스로도 실망시켰음을 알았다.

소년은 벌써 마음이 바다로 가 있는 듯 바다만큼이나 아득한 목소리로 다시 말했다.

"할아버지는 이제 괜찮으실 거야. 더는 걱정할 필요 없어."

제스는 소년이 어떻게 그렇게 확신에 찬 어조로 말할 수 있는지 의심스러웠다. 단지 제스를 안심시키려고 그러는 것일까? 소년은 곁눈질로 제스를 힐끗 쳐다보며 가볍게 고개를 끄덕였다.

"나중에 보자."

곧장 소년은 일어서서 물속에 계속 다리를 담근 채 폭포를 향해 비탈을 내려갔다. 제스도 몇 발짝 뒤에서 따라갔지만 물속에 발을 담그지는 않았다. 그저 비탈을 따라 나 있는 울퉁불퉁한 풀밭을 터벅터벅 걸었다. 오래지 않아 그들 앞에 다시 폭포가 나타났다. 제스는 소년의 행동을 지켜보며 폭포 가장자리에 멈춰 섰다.

소년은 물이 아래로 떨어지는 바로 그곳에 서 있었다. 물살은 세차게 그의 두 다리를 훑고 지나갔다. 잠깐만 균형을 잃어도 소년은 물살에 휩쓸려 아래로 아래로 떨어질 것처럼 보였다. 하지만 그는 단단했다. 바위처럼 꿈쩍도 않고 머나먼 바다를 하염없이 바라보았다. 그러더니 제스에게는 눈길 한 번 주지 않고, 안녕이라는 말도 없이 공중으로 몸을 날렸다.

제스는 입을 벌린 채 그 모습을 멍하니 바라보았다. 리버보이가 공중으로 몸을 날렸을 때 그의 몸짓은 정말이지 완벽해 보였다. 소년의 일부는 물고기이고, 일부는 새였으며, 일부는 인간이고, 일부는 다른 무엇이었다. 어쨌거나 소년의 모습은 더없이 아름답고 우아했다. 뭐라고 정의할 수는 없지만 그 모습 자체가 바로 소년이었으며 또한 제스의 일부분이기도 했다.

그는 물살과 함께 폭포를 미끄러져 내려갔고 쏟아지는 물줄기에서 얼마간 벗어난, 잔잔한 수면 아래서 불쑥 떠올랐다. 물거품이 이는 소용돌이 가운데서 소년의 검은 머리카락이 일렁였다. 소년은 곧 강을 가로질러 하류를 향해 다시 헤엄쳤다. 물살이 그를 빠르게 아래로 밀어냈다. 물이 얕은 부분에 이르자 소년은 일어서서 다시 물이 깊어질 때까지 또다시 걸었다. 그곳에서 강물은 비탈 아래로 질주하고 있었다. 강물은 때로는 나무를 타고 넘었고 때로는 나무들 사이를 아슬아슬 비집고 들어가며 아래로 아래로 거침없이 나아갔다. 물은 그의 발언저리에서 찰랑거렸다.

잠시 후 소년은 사라졌다.

제스는 은빛 혀처럼 폭포 아래로 떨어졌다가 위로 솟구치며 산산이 부서지는 세찬 물줄기를 지켜봤다. 소년을 따라 그 물줄기 속으로 뛰어들고 싶었다. 폭포 꼭대기에서 물로 풍덩 뛰어들어 물거품이 이는 차가운 물살을 따라 질주하고 싶었다.

별로 위험해 보이지는 않았다. 그저 조그만 폭포에 불과했으며 제스가 종종 다이빙하곤 했던 동네 수영장의 다이빙대보다 높지도 않았다. 바로 아래쪽 바닥에는 바위도 없고 물은 깊어서 모든 게 완벽했다. 게다가 소년도 방금 해내지 않았던가. 제스는 평소처럼 오늘도 겉옷 아래에 수영복을 입고 있었다. 준비할 것도 없었다. 그저 티셔츠와 신발을 벗어던지고 물이 떨어지는 곳으로 걸어가서 소년이 한 것처럼 자세를 잡고 물속으로 몸을 던지기만 하면 됐다.

그러나 제스는 그럴 수 없다는 것을 알았다.

왜 그럴 수 없는지도 알았다.

수치심이 마음속에서 차오르는 것을 느끼며 제스는 다시 폭포에서 물러나 바위를 타고 내려가기 시작했다.

　그러나 심각한 문제가 발생했다. 올라올 때는 잡을 곳과 발디딜 곳이 많아 비교적 움직이기가 쉬웠는데, 이번에는 달랐다. 제스는 올라왔던 길을 기억하며 똑같이 내려가려고 했지만 바위는 전혀 다른 모습으로 제스를 맞았다. 낯설고 적대적이었다. 제스는 조금 내려가다가 발을 멈추었다.

　갈 길을 잃었다. 제스는 울부짖는 물소리를 들으며 바위에 꼭 매달린 채 아래를 내려다보았다. 가까운 곳에서 물줄기가 세차게 떨어졌다. 올라올 때 쏟아지는 물줄기 가까이로 기어 올랐기 때문에 내려갈 때도 그 길을 따랐던 것이다.

　제스는 오른쪽으로 눈을 돌렸다. 떨어지는 물줄기 사이로 반들반들한 바위 면이 보였다. 그곳으로 내려가는 것은 너무 위험해 보였다. 하지만 조심하면 가능할 것도 같았다.

　제스는 망설이다가 폭포 쪽으로 손을 뻗어 올라올 때 잡았던 곳을 찾았다. 거기엔 손으로 잡아도 미끄러지지 않을 만큼 끝이 뾰족한 바위가 있었다. 올라갈 때는 보지 못했는데 다행스러운 일이었다. 양손으로 그 바위를 붙잡고 오른쪽으로 살금살금 발을 옮기면서 디딜 곳을 찾았다.

　잠시 후 바위에 난 틈을 다시 찾았다. 무게를 버틸 수 있을지 발로 툭툭 두드려본 후 몸을 실었다. 다행히 바위는 제스의 몸을 감당할 만큼 튼튼했다. 얼마간 쉽게 아래로 이동한 후 다시 다른 한 발을 뻗어 자신을 지탱해 줄 또 다른 바위를 찾았다. 고통스러운 몇 초 동안, 제스는 자신이 밟고 있는 반질반질한 바위 표면만을 온몸으로 느낄 뿐이었다. 그리고 또다시 작은 틈을 하나 발견했다. 틈이 너무 작았지만 천만다행으로 발가락을 찔러 넣고 조금 더 아래로 내려갈 수 있었다.

제스는 거친 숨을 내쉬며 아래를 내려다보았다.

이제 돌출된 바위에서 손을 놓고, 아래로 내려갈 때 매달릴 다른 바위를 찾아야 했다. 한 손으로 여기저기를 더듬어 또 다른 틈을 찾았고 그런 다음 다리를 뻗어 발에 살짝 스치는 틈새를 찾았다.

제스는 그곳이 얼마나 단단한지 두드려보고 조금 몸을 낮추었다. 그 후 아래쪽에서 또 다른 틈을 발견하고는 잽싸게 다른 쪽 발을 찔러 넣었다. 폭포 바닥에 부딪쳐 튀어 오르는 물보라를 피하기 위해 얼굴을 돌렸다.

아랫부분에는 갈라진 틈들이 널려 있었다. 제스는 그 틈들을 이용해서 쉽게 몸을 틀었다. 몇 분 후 부드러운 흙바닥에 두 발을 내려놓았다.

발을 땅에 딛고서 다소 부끄러움을 느끼며 폭포를 올려다보았다. 제스는 그 소년을 따라갈 수 없었다. 엄마 아빠가 원치 않는 일이었고 할아버지조차 하지 말라고 말릴 만한 일이었다. 그러나 그런 식으로 스스로를 위로해 봐야 소용없었다.

소년은 거침없이 폭포 속으로 뛰어들었다.

물론 제스 역시 그렇게 할 수 있었다. 하지만 그렇게 하지 않았다.

이제 제스는 시간에 쫓기면서 급히 비탈을 달려 내려갔다. 강의 시작점까지 가는 데 예상보다 시간이 오래 걸렸고, 바위를 타는 게 힘들어서 시간이 지체된 탓이었다.

제스는 달리면서 리버보이와 그가 부탁했던 일과 그가 꿈꿨던 도전에 대해 계속 생각했다. 그 생각에 한번 빠져들자 헤어나올 수 없었고, 어느덧 달리는 속도도 점점 빨라졌다. 그를 다시 만나고 싶었다. 지금쯤 물결을 따라 바다로 나아가고 있을 그를 따라잡고 싶었다. 다시 그를 만나 '안녕' 인사해 주고 싶었다.

하지만 그는 보이지 않았다. 바다로 가는 일, 소년은 그 일을 두려워했지만 결국 몸을 던졌다. 그리고 제스는 아직도 그 소년이 누군지 알지 못했다.

해는 하늘 위로 더 높이 솟았다. 기온은 점점 더 따뜻해졌다. 제스는 계속 길을 내달려 마침내 별장 옆 공터에 도착했다.

그런데 이상한 일이다. 그곳에 있어야 할 차가 없었다.

차 대신 알프레드 할아버지가 서 있었다.

이상한 일이다. 무엇인가가 잘못됐다. 무엇인가가 크게 잘
못된 것이다. 제스는 알프레드 할아버지의 얼굴에서 어두운
기운을 느낄 수 있었다. 몸을 서늘하게 하는 적막감이 주변을
감돌았다. 강물마저도 목소리를 죽인 듯했다.

 "무슨 일이에요?"

 짧게 말하는 것에 소질 없는 알프레드 할아버지였지만 이번
에는 최대한 간결하게 대답하려고 애썼다.

 "그 친구가 또 쓰러졌다. 이번에는 아주 심각했어. 그래서
네 엄마와 아빠가 브레머스에 있는 병원으로 그를 데려갔단
다. 네가 돌아올 때까지 기다릴 수 없었어. 그럴 시간이 없었거
든. 너무 순식간에 일어난 일이라서 말이다. 두 사람이 네 할아

버지를 차에 태워서 우리 집에 들렀단다. 네 엄마가 내게 뛰어
와서 자초지종을 설명한 뒤 날더러 너를 돌봐달라고 했다. 그
리고 곧장 병원으로 갔단다."

"할아버지는요?"

"아직 살아 있다. 하지만 네게 거짓말하지는 않으마. 내가
보기에도 네 할아버지는 심각해 보였다. 고통이 가득한 얼굴
이었어."

알프레드 할아버지의 목소리는 마치 날씨 얘기라도 하는 양
담담했지만 목소리와는 다르게 얼굴에서는 큰 근심이 묻어났
다. 제스는 다급하게 길 쪽으로 고개를 돌렸다.

"할아버지 곁에 있어야 해요. 제가 브레머스로 가야 해요.
제가……."

그러나 알프레드 할아버지는 고개를 저었다.

"네 엄마가 여기서 나와 기다리라고 말했단다."

"하지만 할아버지가…… 저는 할아버지와 있어야 해요. 모
르시겠어요?"

제스는 절망을 담은 눈으로 그를 쳐다봤다. 그러자 알프레
드 할아버지는 제스의 어깨 위에 손을 올리며 말했다.

"어떤 기분일지 이해한다. 정말이야. 하지만 네 엄마는 네가
할아버지의 고통스러운 모습을 보길 원하지 않았다. 네가 보
면 틀림없이 견딜 수 없을 거라고. 할아버지 역시 네게 그런 모

습을 보이길 원치 않으셨을 거야. 네 할아버지가 얼마나 자존심 강한 늙은이인지 너도 알지. 네가 없어서 차라리 다행인 것 같다고 네 엄마가 말했다."

제스는 차마 알프레드 할아버지를 계속 보고 있을 수 없어서 고개를 돌렸다.

"하지만 할아버지에게는 제가 필요해요. 저 없이 거기서 돌아가실 수 없어요."

"용감해져야 해, 제시카. 봐라, 네 엄마가 내게 휴대폰을 줬다. 무슨 일이 생기면 곧 전화하겠다고 했단다."

"우리가 전화할 수도 있잖아요."

제스가 흥분해서 말했지만 알프레드 할아버지는 고개를 저었다.

"아직 병원에 도착하지 않았을 게다. 조금 시간이 걸릴 거야. 브레머스까지 나 있는 도로는 좁고 울퉁불퉁해서 속도를 낼 수 없다. 특히 아픈 사람까지 타고 있으니 말이다. 안 돼. 인내심을 가져야 해."

제스는 고개를 돌렸다. 제스의 마음은 고통으로 가득했다. 할아버지가 자신을 가장 필요로 하는 순간에 곁에 있어주지 못했다. 그 사실은 할아버지를 실망시켰을 것이다. 그리고 지금은 제스를 실망시키고 있었다.

물론 엄마 아빠의 마음은 이해할 수 있었다. 그들은 할아버지와 제스를 세심하게 배려한 것뿐이었다. 그러나 지금 당장 할아버지를 보고 싶은 마음이 제스를 괴롭혔다.

알프레드 할아버지는 고갯짓으로 문을 가리켰다.

"들어가서 뭘 좀 먹어라. 그러면 좀 나아질 거야."

"배고프지 않아요."

"아무튼 좀 들어가자. 다리가 후들거리는구나. 빨리 걷는 데 익숙지 않아서 말이야."

제스는 알프레드 할아버지를 따라 들어갔다. 사실 너무 충격을 받은 상태라서 지금 병원으로 가고 있을 할아버지 외에는 아무 생각도 할 수 없었다. 식탁에는 껍질이 딱딱한 롤빵과 벌꿀 단지가 놓여 있었다.

"내 딸이 이 롤빵을 만들어 줬단다. 그 애는 빵 만들기 선수야. 어서 먹어봐. 너한테 뭘 좀 먹이겠다고 네 엄마에게 약속했단다. 설마 날 곤란하게 만들지는 않겠지? 게다가 지금이 아니면 언제 또 식사를 할 수 있을지 모른다."

그래도 제스는 먹고 싶지 않았다. 무언가를 먹는다는 것조차 생각할 수 없었다.

"어서. 날 위해 좀 먹으려무나."

결국 알프레드 할아버지의 성화에 못 이겨 식탁 앞에 앉아 롤빵을 조금 먹었다. 제스의 마음은 할아버지와, 바다를 향해 팔다리를 저으며 헤엄쳐 가던 리버보이의 모습으로 가득 찼다. 이상한 일이었다. 왜 그 순간에 할아버지와 함께 리버보이가 떠올랐는지, 할아버지만을 생각하고 싶은 순간에 왜 그 소년이 떠올랐는지 알 수 없었다. 곧이어 또 다른 리버보이가 떠올랐다. 기묘하고 매혹적인 그 그림. 그 모습은 마음속에서 점점 더 강하고 선명하게 떠올라 마침내 그때까지 제스의 마음에 한가득 떠 있던 할아버지의 얼굴을 거의 덮어버렸다.

제스는 롤빵을 모두 먹은 다음 물가로 나갔다. 그리고 할아버지에 대해, 할아버지가 아직 살아 있을지에 대해 생각했다. 어쩌면 병원까지 가지 못했을지도 모른다. 그러나 왠지 할아버지가 아직 숨을 쉬고 계실 거라고, 게다가 자신이 할아버지를 생각하듯 지금 자신을 생각하고 있을 거라고 생각했다.

다행히 알프레드 할아버지는 제스를 조용히 내버려두었다. 그러나 20분 정도 흘러 알프레드 할아버지가 조심스럽게 다가왔다.

"네게 물어볼 게 있어서 말이다. 저 초상화에 대해서 어떻게 생각하니?"

"무슨 초상화요?"

"할아버지 초상화 말이다. 자화상이라고 해야겠지."

제스가 얼굴을 살짝 찡그렸다.

"할아버지가 자화상을 그리신 건 몰랐는데요. 그게 어디에 있어요?"

"거실에. 네가 이리로 오기 전에 봤단다."

제스는 급히 거실로 갔지만 벽에 세워지 건 리버보이 그림뿐이었다. 알프레드 할아버지가 터덜터덜 제스를 따라 들어왔다.

"재미있는 그림이더구나. 그 친구가 잘 포착하긴 했더군."

제스가 다시 알프레드 할아버지를 쳐다봤다.

"무슨 말씀이세요? 이건 강 그림이잖아요."

알프레드 할아버지가 잠시 그림을 찬찬히 들여다보더니 웃음을 터뜨렸다.

"이런, 내가 잘못 봤구면. 네 말이 옳다! 거기에 강이 있었구나. 아까는 못 봤는데. 이제야 알겠다. 그 친구는 항상 강에 얽매여 있었지."

"무슨 뜻이죠?"

"그 친구는 강을 사랑했단다. 시간만 있으면 수영을 하곤 했지. 실제로 잘하기도 했고. 제대로 훈련만 받았다면 최고의 수영선수가 됐을 거야. 하지만 교육을 받은 적이 없었어. 그 친구는 언젠가 꼭 한번 강의 시작점에서 바다까지 헤엄쳐 갈 거라고 말하곤 했지. 물론 그렇게 할 수 없었다. 큰 화재가 나서 가족 전부를 잃었으니 말이다. 그 친구는 가슴 아픈 과거를 떨쳐버리기라도 하듯 한시바삐 이 마을을 떠났다. 그러니 그 희망을 이룰 기회가 없었지. 아마 앞으로도 힘들 것 같구나."

알프레드 할아버지의 말은 제스의 뇌리에 총알처럼 박혔다. 제스는 다시 그림으로 눈을 돌려 마치 처음 보는 것처럼 그림을 살폈다. 검은 얼룩은 머리카락, 안개로 덮인 물길들은 코와 입, 검은 점들은 눈처럼 보였다. 거기에는 얼굴이 있었다. 어떻게 지금까지 그 얼굴을 알아보지 못했을까. 불과 얼마 전에 폭포에서 마주쳤던 그 얼굴을. 왜 기억하지 못했을까. 나의 리버보이를.

지체할 시간이 없었다.

제스는 현관으로 뛰쳐나가 신발도 신지 않은 채 수영복 위에 입은 겉옷을 황급히 벗어던졌다. 거실에서 알프레드 할아버지의 목소리가 들렸다.

"괜찮니, 제시카?"

제스는 뒤도 돌아보지 않고 별장을 뛰쳐나갔다. 할아버지가 그림을 완성했던 둔치로 달려가 물속으로 몸을 날렸다.

강은 마치 지금껏 기다리고 있었다는 듯이 두 팔을 벌려 제스를 품속으로 받아들였다.

시간이 얼마나 흘렀을까. 서너 시간쯤 됐을까. 제스는 시간이 흐르는지도 몰랐다. 그저 반복되는 동작을 통해서만 시간이 흐르고 있다는 것을 느꼈다. 물살을 헤쳐 나가는 리듬은 너무도 능숙하고 너무도 규칙적이어서 마치 잠자는 아이의 숨소리 같았다. 겉보기와는 달리 제스는 건강하고 잘 훈련된 몸을 지니고 있었다. 그래서 큰 힘을 들이지 않고 물살과 함께 나아갈 수 있었다. 그러면서 제스는 생각에 몰두했다.

머릿속에 떠오른 생각들은 고통스러운 것들뿐이었다. 브레머스의 병원 침대, 그리고 저 앞 어딘가에서 자신과 마찬가지로 바다를 향해 나아가고 있을 리버보이. 두 생각이 반복적으로 제스의 머릿속을 찾아왔다. 그 소년은 너무 강하다. 그의 수영 실력은 너무 뛰어나다. 만약 그가 도중에 멈추지 않는다면 제스는 결코 그를 따라잡지 못할 것이다.

하지만 소년은 멈추지 않을 것이다. 분명했다. 이제 와서 무엇 때문에 멈추겠는가? 제스는 그를 따라가지 않았다. 그저 무심히 그를 떠나보냈다.

제스는 마음이 아팠다. 그래서 더욱더 물살을 가르는 동작에 몰두했다. 물살의 흐름에 몸을 맡기고, 자신의 의지를 믿으면서 미끌미끌한 강의 몸뚱이를 타고 내려갔다. 그러면서 제스는 강의 형태가 변하는 것을 어렴풋이 인식했다.

몇 개의 둔치를 여러 차례 지나쳤고 단단한 바위와 소용돌이가 제스에게 다가왔다가 또다시 멀어졌다. 그러나 그 어느 것도 발목을 잡지는 않았다. 제스는 소년의 뒤를 쫓아 꼬마 요정처럼 강을 미끄러져 내려갔다. 눈에 보이지 않았지만 소년은 저 앞 어딘가에서 끊임없이 내달리고 있을 것이다. 바다가 그를 끌어당겼듯이 이번에는 제스를 자신의 품 안으로 끌어당겼다.

팔다리를 저을 때마다 할아버지의 영상이 마치 물보라처럼 끊임없이 제스를 덮쳤다.

그 후로 두 시간, 세 시간, 네 시간이 더 지났지만 제스는 시간 감각을 잃어버렸다. 수영을 하면 할수록 시간은 점점 더 하찮은 것이 됐다. 중요한 것은 지금 이곳이다. 이상한 물의 세계, 그리고 그곳에 머리를 묻은 채 숨을 들이쉬고 내쉬는 바로 이 순간이었다.

어느 순간 제스는 온몸으로 피곤함이 퍼지는 것을 느꼈다. 자신의 앞길을 막는 피곤함과 싸우며 계속해서 팔다리를 내저었다. 팔다리를 저을 때마다 느껴지던 조화로움과 희열은 이제 사라져 버렸다. 이렇게 오랜 시간 동안 수영을 해본 적이 없었다. 하지만 제스가 찾고 있는 리버보이는 여전히 보이질 않았고, 브레머스까지는 아직도 멀었다.

만일 이 물길을 따라 브레머스에 닿을 수 있다면.

물살이 얼마나 빠르게 자신을 데려가고 있는지 제스는 알지 못했다. 어쩌면 지금보다 더 많은 시간이 걸릴지도 몰랐다. 버틸 수 있는 시간보다 훨씬 더 많은 시간을 헤엄쳐야 할지도 몰랐다. 하지만 멈출 수 없었다. 계속 가야만 했다. 제스는 리버보이를 만나야 했다. 그가 누구인지, 어디서 왔는지 어렴풋이 짐작하고 있었고, 그래서 두려웠지만 그래도 그를 만나야 했다.

사실 두려워할 필요가 없었다. 모든 것이 안전했다. 어떤 악한 기운도 없었다. 그저 꿈결 같은 마법만 있을 뿐이었다. 리버보이는 유령이 아니라 요정이었다. 그것은 할아버지의 삶이 일으킨 축복이자 제스에게 찾아온 축복이었다. 그리고 지금 제스는 자신의 가장 큰 희망을 이루기 위해 이렇게 헤엄치고 있었다.

제스는 돌연 알프레드 할아버지를 떠올렸다. 아무 말 없이 밖으로 뛰쳐나간 제스를 기다리다가 참지 못하고 여기저기 찾아보았을 것이다. 하지만 어디서도 제스의 흔적을 찾을 수 없자 결국 엄마 아빠에게 전화를 걸었을 것이다. 틀림없이 엄마 아빠는 지금 제스를 걱정하고 있겠지. 어쩌면 할아버지도.

갑자기 죄책감이 몰려왔지만 할 수 있는 일이 없었다. 제스는 멈출 수 없었고, 멈출 생각도 없었다. 제스는 리버보이를 마지막으로 만나게 될 때까지 수영을 계속할 것이다. 필요하다면 영원히.

그 순간에도 강은 마치 잠자는 영혼 속을 유랑하는 꿈처럼 제스와 함께 흘렀다.

절망이 스멀스멀 피어올랐다. 결국엔 자신이 승리할 것을 알고 때를 노리며 몰래 뒤쫓아 온 식인 물고기처럼. 제스는 계속해서 자신을 괴롭히는 멀미와 싸우며 간신히 헤엄쳐 갔다.

제스가 느끼는 멀미는 몸에서 생기는 현상이 아니었다. 그것은 의지가 약해지면서 생긴 멀미였다. 리버보이의 뒤통수조차 보이지 않는 이 상황에서 이렇게 오랜 시간 동안 안간힘을 썼는데도 결국 그를 만나지 못할 것이라는 생각, 비록 브레머스에 도착한다 해도 할아버지는 자신을 기다리지 않고 결국 이 세상을 떠나버렸을 거라는 생각, 자신은 할아버지의 영혼이 저 먼 곳으로 가버린 후에야 그 곁에 도착할 것이라는 생각, 그래서 자기가 남긴 것이라고는 이 공허한 물길의 흔적뿐일 거라는 생각에서 비롯된 멀미였다.

절망이 제스의 마음을 파고들었다. 제스는 마음속 어두운 곳에서 할아버지의 얼굴을 보았다. 제스가 늘 사랑하고 늘 믿었던 얼굴을. 제스를 향해 미소 짓지 않을 때조차 사랑했던 그 얼굴을. 제스는 마치 그 얼굴이 힘이라도 되는 양 꼭 붙들려 했고, 그려보려 했고, 거기에 매달리려 했다. 그렇게 애를 쓰자 할아버지의 얼굴이 실제로 제스에게 힘을 주었다.

그러나 제스는 너무 지쳤다. 아무리 안간힘을 써도 패배감을 지울 수 없었다. 패배감이 의지를 지배하는 순간을 제스는 잘 알고 있었다. 도버해협을 횡단하는 장거리 수영선수들도 이따금 이러한 절망의 순간을 마주친다고 했다. 의심과 두려움이 덮쳐와 이제 수영을 멈추고 배로 돌아가야겠다고 생각하게 되는 순간, 이제 집으로 돌아가 편히 쉬라고 유혹하는 순간이 덮쳐온다고 했다. 수영 선수들이 꼭 극복해야 할 장애물은 바로 이런 것이라고 언젠가 책에서 읽은 적이 있었다.

하지만 이곳에는 배가 없었다. 짧은 숨을 마시기 위해 잠깐 얼굴을 들었을 때마다 문득 눈에 들어오는 것은 낯선 땅의 푸릇푸릇한 둔치와 비탈진 들판뿐이었다.

지금 멈출 수는 없었다. 쉬기 위해 둔치로 헤엄쳐 갈 수도 걸어갈 수도 없었다. 어디를 걷는단 말인가? 오직 강만이 제스를 소년에게로 데려갈 수 있었다.

제스는 다시 수영에 집중했다. 아직 남은 힘이 있다고 스스로를 달래며 계속해서 자신을 몰아갔다. 이제는 몸의 모든 부분이 저려 왔다. 팔과 다리, 어깨, 심지어 생각까지도 제스에게 제발 그만두라고 애원하는 듯했다.

제스는 엉엉 울고 싶은 심정이었다. 할아버지 때문에, 자신 때문에, 그리고 보이지 않는 저 앞 어딘가에 있을 소년 때문에 울고 싶어졌다. 지금 뒤쫓고 있고 늘 뒤쫓아 왔던 바로 그 소년 때문에.

어쩌면 그를 따라잡을 수 있을 거라 생각했다. 하지만 이제 지쳤다. 너무 지친 나머지 얼마 남지 않은 정신력에 의지해서 간신히 버티고 있었다.

제스는 일단 동작을 멈췄다. 물속에서 다리만 저으며 정신을 똑바로 차리려고 했다. 적어도 아직까지는 추위가 몰려오지 않았다. 해는 이제 저 하늘 한가운데를 지나 조금 서쪽으로 기울어져 있었다. 아직 물은 충분히 따뜻했다.

주위를 둘러보았다. 둔치에는 여전히 나무가 무성했지만 강가의 양 둔치 사이는 이전에 지나온 곳과는 다르게 훨씬 벌어져 있었다. 이따금씩 끼어드는 관목 숲과 바위 벽으로 인해 들판은 군데군데 막혀 있었고 강 자체는 시시각각 넓어졌다.

제스는 갑자기 숨이 막혔다.

저기 강의 한참 아래쪽, 눈에 보일 듯 말 듯 한 곳에
누군가 있었다.

제스는 감정을 주체하려 안간힘을 쓰면서 더 자세히 보려고
눈을 가늘게 떴다. 리버보이다. 틀림없이 그였다. 다른 사람일
리 없었다. 제스는 지친 몸에서 나올 수 있는 힘을 모조리 쥐어
짜내 다시 헤엄쳐 갔다. 이것이 마지막 기회라는 것을 알았다.
이번에 리버보이를 따라잡지 못하면 그를 영원히 놓쳐버릴
것이다. 제스는 아직 힘이 조금이나마 남아 있을 때 그를 보기
위해 쉴 새 없이 자신을 몰아갔다.

하지만 제스가 볼 때마다 그는 닿을락 말락 한 거리에서 저
만큼 앞서서 헤엄치고 있었다. 힘을 짜내서 계속 헤엄쳤지만
좀처럼 거리는 좁혀지지 않았다.

또 한 시간이 흐른 것 같았다. 어쩌면 겨우 10분일지도 몰랐
다. 얼마나 됐는지 도무지 가늠할 수 없었다. 사실 더 이상 신
경 쓰지도 않았다. 제스는 오직 고통의 깊이로만 시간을 가늠
할 뿐이었다. 고통에 쏠려 있는 감각을 앞에 있는 리버보이에
게 돌리려 애쓰며, 점차 가슴에서 커져가는 생각, 즉 그는 환상
이고 마음의 장난에 불과하며 소망이 빚어낸 허상이라는 생
각을 무시하려 했다.

문득 제스는 동작을 멈추고 잠시 하늘을 올려다봤다. 그런

다음 천천히 다시 리버보이에게로 시선을 향했다.

그런데 이번에는 그가 보이지 않았다.

영원히 가버린 게 분명했다. 그는 결국 제스의 불안감이 만들어낸 환상에 불과했던 것이다. 제스는 거칠게 숨을 내쉬며 수영을 계속했다. 달리 할 수 있는 일이 아무것도 없다는 것을 알기에.

팔다리를 기계적으로 움직였다. 자신의 의지로 움직이는 게 아니라 빠르게 소진되고 있는 힘이 저절로 팔다리를 움직이게 하는 것 같았다. 마치 몸에 힘이 남아 있을 때까지는 동작을 멈출 수 없다는 듯이.

한 시간인지 두 시간인지 아니면 세 시간인지 모를 시간이 흐른 뒤, 제스는 다시 강 속에서 머리를 들어 저 앞 수평선 위로 떨어지고 있는 태양을 보았다. 제스는 수영을 멈추고 멍하니 주위를 둘러보았다. 한동안은 자신이 어디에 있는지 알아차리지도 못했다.

놀랍게도 제스는 조그만 강어귀 한가운데에 있었다. 바로 앞에는 정박된 배들이 있었고 양옆으로 평평한 풀밭과 럭비장, 오래돼 보이는 유적이 보였으며 조금 더 아래쪽에는 방조제와 선착장과 건물들이 있었다.

그리고 처음으로 바다에서 밀려오는 작은 파도를 보았다.

브레머스였다. 제스는 결국 브레머스에 도착한 것이다.

그러나 모든 것을 잃었다.

제스는 지칠 대로 지쳤다. 축축 늘어지는 몸으로 강물을 밀어내며 다시 헤엄쳤다. 이번에는 몸이 움직이지 않았다.

제스에게는 아무것도 남아 있지 않았다. 기껏해야 둔치까지 간신히 헤엄친 후 남은 길을 터덜터덜 걸어갈 정도의 힘이 전부였다. 이제 더 이상 물속에 있는 것은 의미가 없었다. 제스는 시도했지만 실패했다. 결국 리버보이를 만나지 못했다. 강의 시작점에서 내려와 강물이 바다와 만나는 곳까지 헤엄쳐 왔지만 마음은 공허했다. 제스는 둔치를 향해 오른쪽으로 몸을 돌렸다. 둔치까지는 헤엄쳐 가야 한다.

그러나 그렇게 하는 대신 제스는 그 자리에서 흐느끼고 말았다. 리버보이와 처음 마주쳤을 때처럼 갑자기 모든 게 끝나버렸다. 할아버지는 돌아가셨고, 그 영혼은 제스를 기다리지 않고 바다로 헤엄쳐 갔다. 이제 제스의 눈물만이 할아버지를 뒤따라 흐르고 있을 뿐이었다.

그때 누군가의 목소리가 들렸다. 처음 들었을 때처럼 조용하고 부드럽고 관심 어린 목소리. 그때처럼 침착하고 낮은 목소리가 제스에게 말을 건넸다.

"왜 울고 있니?"

제스는 깜짝 놀라 고개를 돌렸다. 리버보이였다.

겨우 몇 발짝 떨어진 자리였다. 그는 제스와 마찬가지로 물속에서 다리를 저으며 둥둥 떠 있었다. 하지만 제스만큼 고통스럽거나 힘들어 보이지 않았다. 방금 물속으로 뛰어든 사람처럼 활력이 넘쳤고 눈에는 자신감과 환희가 어려 있었다.

그는 제스에게 시선을 고정시킨 채 제스 가까이로 헤엄쳐 왔다. 그리고 팔을 휘두르면 닿을 정도의 거리에 멈춰 서서 다시 부드럽게 말했다.

"내가 널 기다리지 않을 거라고 생각했니?"

제스는 여전히 울고 있었다. 저 바다로부터 부드럽게 밀려 들어와 제스를 스치고 지나가는 파도, 제스는 눈물이 그 파도를 이룰 만큼 엉엉 울었다. 그러면서 소년에게 말을 건네려 애썼다. 그에게 자신의 감정을 설명하려 했다.

그러나 그는 미소 지으며 고개를 저었다.

"말하지 마. 말할 필요 없어. 그냥 나랑 같이 조금만 더 헤엄치자."

그는 옆으로 몸을 돌려 바다를 향해 헤엄치기 시작했다.

제스는 여전히 지쳐 있었지만 그의 놀라운 등장에 힘을 얻어 그를 따랐다. 그는 천천히 여유롭게 헤엄쳐 갔다. 머리를 물에 묻은 채 제스를 돌아보지도 않고 천천히 심지어 기어가듯 헤엄쳤다. 제스는 경외심과 애정에 가까운 깊고 격렬한 감정에 휩싸여 그와 함께 헤엄쳤다.

강어귀에 가까워짐에 따라 놀라움은 커져만 갔다. 강의 시작점에서 이곳까지 그 기나긴 여정 동안 강은 여러 차례 모습을 바꾸었다. 그 끝에 서서 제스는 이곳에 깊고 강력하고 무한히 신비로운 어떤 힘이 솟구치고 있다는 것을 깨달았다. 제스는 마법의 정점에 떠 있었다.

제스는 여전히 옆에서 조용히 헤엄치고 있는 리버보이를 힐끗 쳐다봤다. 그는 두려운 존재도 아니었고 미스터리에 휩싸인 존재도 아니었다.

또다시 눈물이 날 것만 같아 그가 볼 수 없도록 얼굴을 물속에 파묻었다. 피로가 다시 제스를 압박해 왔다. 이제 해안 쪽으로 가야 했다. 그렇지 않으면 안전하게 땅에 도달하기도 전에 온몸의 힘이 다 빠져버릴 것 같았다.

그러나 마침내 찾은 리버보이를 지금 떠나보낼 수는 없었다. 제스는 머리를 들어 옆을 바라봤다.

그런데 실망스럽게도 그는 가고 없었다.

제스는 그가 있었던 곳을 애타게 바라보았다. 그러나 보이는 것은 바다뿐이었다. 제스는 깨달았다. 소년이 가버린 것처럼 강물 역시 사라져 버렸음을.

그들은 강에서 시작했지만 결국 바다에 도착했다.

가까운 곳에 방조제 끝이 보였고 그 뒤로 가판대와 상점, 실내 오락실과 카페, 그리고 감자튀김 가게와 집들이 보였다. 이 모든 것을 한 번도 눈여겨보지 않고 지나쳤다는 것이, 누구의 눈에도 띄지 않고 여기까지 왔다는 것이 믿을 수 없는 일처럼 느껴졌다.

그러나 이제 제스에게 믿을 수 없는 일은 별로 없었다.

제스는 바다를 돌아보며 마침내 깨달았다. 그리고 물결이 제스를 저 먼 바다 끝으로 데려가지 않기를 기도하며 해안가를 향해 헤엄쳐 갔다.

바다는 관대했다. 제스는 축 늘어진 몸을 이끌고 마지막 힘을 내 헤엄쳐 간신히 해안가에 닿았다. 선착장으로 가서는, 부들부들 떨리는 지친 몸을 땅 위로 간신히 밀어 올렸다.

바다 저 멀리 수평선 위로 태양이 거의 몸을 포개고 있었다. 이제 날은 저물어가고 있었다. 제스는 자신의 여정이 끝났음을 알았다.

할아버지의 여정이 끝난 것처럼.

제스가 선착장 위에 주저앉아 있을 때 한 경찰관이 제스에게 다가왔다.

　"얘, 괜찮니?"

　제스는 간신히 고개를 돌려 뒤에 서 있는 여자 경찰관을 보았다. 선착장 꼭대기와 가까운 길가에 경찰차 한 대와 그 옆에 서 있는 키 큰 경찰이 보였다. 근처에는 구경꾼 몇 명이 이쪽을 지켜보고 있었다.

　경찰관이 다시 입을 열었다.

　"혹시, 제시카 아니니?"

　순간 제스는 자신이 아빠와 엄마에게 어떤 고통과 걱정을 끼쳤는지 온몸으로 실감했다.

"맞아요. 저기요, 저는 병원에 가야 해요. 급해요."

경찰관은 다행히 상황을 이해하는 듯했다.

"걱정 마. 우선 사람들 눈을 좀 피하자."

여자 경찰관은 제스를 부축해 차까지 걸을 수 있도록 도왔다. 경찰관이 제스에게 겉옷을 건넸다. 제스와 경찰관이 뒷좌석에 앉았고, 차는 곧 조그만 마을을 떠났다.

"자, 이거."

경찰관이 샌드위치를 건네주며 말했다.

"땅콩버터 샌드위치야. 네가 좋아해야 할 텐데. 가진 게 이것뿐이거든."

"맞아, 그 사람이 가진 건 그것뿐이야. 그 친구는 커피에도 땅콩버터를 타 먹을 사람이야."

앞좌석에 앉은 또 다른 경찰관이 이렇게 대꾸하자 제스 옆 경찰관이 웃음을 터뜨렸다.

"저 사람 말은 신경 쓰지 마. 맛이라고는 도통 모르는 사람이니까. 어서 먹어."

"고맙습니다."

제스는 땅콩버터를 싫어했지만 샌드위치를 감사히 받아 들었다. 그러면서 느릿한 어조로 물었다.

"지금 몇 시예요?"

"9시야."

9시. 제스는 열한 시간 동안 물속에 있었던 것이다. 열한 시간이라니. 도버해협을 헤엄쳐서 건널 수 있을 정도의 시간이었다. 제스는 '지금 이 순간 도대체 어떤 생각을 떠올려야 할까' 고심하며 창밖을 응시했다.

경찰관이 병원에 소식을 전하는 중이었다.

"아이는 괜찮아요. 그냥 좀 피곤한 모양이에요. 몸을 떨고 있어요. 바다에 있었으니까요. 예, 저희가 곧 데려가죠……."

제스는 소식을 전해 듣는 엄마와 아빠를 생각했다. 두 사람은 무슨 생각을 하고 있을까? 그리고 뭐라고 말할까?

"어떻게 저를 찾으신 거죠?"

경찰이 대답했다.

"네 어머니가 2시쯤 경찰서로 전화를 하셨어. 몇 시간 전에 네가 사라졌다는 전화를 받았다고 말이야. 너를 돌보고 있던 할아버지가 네가 어디론가 가버렸다는 전화를 했다고. 네 어머니는 잠시 기다리다가 여전히 네가 나타나지 않자 경찰서에 전화를 걸었고, 그래서 우리가 널 찾아 나서게 된 거야. 오후 내내 별장 근처의 강과 숲속을 수색하며 다녔지. 그런데 네 어머니가 우리에게 다른 방법을 알려줬어."

"엄마가 두 분과 함께 있었나요?"

제스는 혹시 엄마가 자신 때문에 할아버지 곁을 떠났을까 봐 걱정하며 경찰을 쳐다봤다.

"아니, 전화로만 계속 연락했지. 네 부모님이 함께 수색한다고 해서 달라질 건 없었으니까. 특히 할아버님이 위독하시고 말이야. 우린 인력이 충분했고, 다른 별장 사람들도 도와줬어. 하지만 처음부터 이 바다를 수색했어야 했는데. 네 어머니가 그렇게 말했거든. 그랬다면 몇 시간은 벌었을 거야."

"엄마가 뭐라고 하셨는데요?"

"어머니는 정말 대단하셨다. 무척 침착하시더구나. 너는 어리석은 짓을 할 아이가 아니라고, 수영을 워낙 잘해서 어지간히 운 나쁜 일이 생기지 않는 한 익사하지는 않을 거라고, 그리고 네가 종종 한 번에 서너 시간씩 수영을 하기도 한다고 말씀하시더구나. 아마 할아버지 때문에 속이 상해서 마음을 가라앉히기 위해 수영하러 갔을 거라고 하셨어. 그러다 네가 2시까지 나타나지 않으니 조금 더 걱정하면서, 어쩌면 네가 브레머스까지 수영해서 오려고 하는지도 모르겠다고 하셨지."

경찰이 계속 말했다.

"쩝, 그런데 우리 가운데 누구도 그 얘기를 귀담아듣지 않았어. 오두막에 있는 영감님도 말이야. 우린 계속 강과 숲을 수색했지. 네 어머니 말을 진작 들었어야 했는데."

제스는 창문을 내다보며 오늘 있었던 이상한 사건들을 다시 머릿속에 떠올렸다. 그러나 이 하루는 여전히 끝날 기미가 보이질 않았다. 마지막 인사가 제스를 기다리고 있었다.

곧이어 경찰차가 병원에 도착했다.

엄마가 입구 밖에서 기다리고 있었다. 제스는 엄마에게 뛰어가서 두 팔로 엄마를 꼭 껴안았다.

"엄마 미안해요……. 이럴 생각은 아니었는데……. 걱정하셨다면 죄송해요."

"쉬잇."

엄마가 제스의 머리를 쓰다듬으며 말했다.

"이제 됐어. 괜찮아. 나중에 얘기하자. 엄마는 네가 무척 용감한 일을 했다고 생각해. 하지만 지금부터는 더 용감해져야 해. 엄마는 그 모습을 보고 싶구나."

제스가 눈물로 흐려진 눈을 들어 엄마를 쳐다봤다.

"괜찮아요, 엄마. 할아버지가 떠나신 걸 알아요. 편안히 가신 것도요."

엄마는 계속해서 제스의 머리를 쓰다듬다가 옆에 있는 경찰관에게 인사를 건넸다.

"이렇게 애써주셔서 감사합니다. 저희가 너무 많은 폐를 끼쳐드렸네요. 이건 어떤 분의 옷인가요?"

"제 동료 거예요. 지금 차에 있는 사람이요."

엄마가 경찰차에 다가가자 안에 있던 경찰관이 스르륵 창문을 내렸다.

"이 옷 돌려드릴게요. 안에 제스가 입을 옷이 있을 거예요."

"아니, 좀 더 입고 있으라고 하세요. 그리고 저흰 당분간 근처에 있을 겁니다. 일을 마무리 지어야지요."

경찰관은 제스와 눈이 마주치자 싱긋 웃었다.

"나보다 너한테 더 잘 어울리는구나."

엄마는 잠깐 동안 미소를 지어 보이다 옆에 있는 경찰관을 향해 몸을 돌렸다.

"그럼 이만, 딸을 할아버지에게 데려가 볼게요"

"그러시죠."

엄마는 제스의 어깨에 한쪽 팔을 둘렀다.

"어서 가자, 우리 딸."

그들은 병원 안으로 걸어 들어갔다. 사람들이 맨발에 수영복을 입고 몸에 맞지 않는 재킷만 걸친 소녀를 호기심 어린 시선으로 바라봤지만 그 시선을 무시한 채 복도를 걸었다. 그리고 결국 그곳에 도착했다.

여기가 바로 그곳이었다. 한 예술가의 삶을 마감하기에는, 아니 적어도 거대한 업적의 삶을 마감하기에는 너무 좁고 어두운 곳이었다. 물론 할아버지는 그렇게 생각하지 않았을 것이다. 틀림없이 할아버지는 마지막 순간까지 자신이 미처 이루지 못한 일들을 생각했을 것이다.

제스는 임종실로 들어가 침대에 누워 있는 할아버지와 그

앞에 서 있는 아빠를 보았다. 아빠는 허겁지겁 달려와 두 팔로 거세게 제스를 껴안았다. 제스도 팔을 뻗어 아빠를 꼭 안았다.

"아빠, 죄송해요. 저는……."

"됐다, 이제 됐어. 너만 안전하다면 됐어. 중요한 건 그거야."

이제 제스는 엄마와 함께 침대로 다가섰다.

"할아버지는 한 시간 전에 돌아가셨어."

제스는 이 연약하고 아름다운 노인의 얼굴을 내려다보았다. 거기에는 고통도 분노도 실망도 없었다. 그 얼굴은 너무도 완벽하게 고요해서 마치 할아버지가 그린 그림처럼 보였다. 제스는 이런 할아버지의 얼굴을 본 적이 없었다.

하지만 이제 이 얼굴은 더 이상 할아버지가 아니었다. 제스가 항상 지켜봤고 항상 기억하고 싶은 할아버지는 이토록 조용하게 눈을 감고 있는 사람이 아니었다. 영원히 살아 있는, 영원히 젊고 강한 할아버지였다. 엄마가 나지막한 음성으로 말했다.

"정말로 대단하셨단다. 정말이지 믿어지지 않을 정도였어. 마지막 순간에 할아버지는 전혀 괴로워하지 않았어. 그저 네 얘기만 하셨단다."

제스는 엄마를 바라봤다.

"내 얘기?"

엄마가 고개를 끄덕였다.

"낮에 경찰이 너를 찾고 있을 때, 할아버지는 끊임없이 네 얘기를 하셨단다. 사실 마지막 순간까지 걱정을 끼쳐드리고 싶지 않아서 네가 사라졌다고 말씀드리지 않았거든. 그런데 뭔가 잘못됐다는 걸 아시는 것처럼 계속 '제스는 걱정 마라. 그 애는 괜찮을 거다. 그 애는 괜찮을 거야' 하고 말하시는 거야. 굉장히 확신에 찬 어조로 말이지. 그 말씀이 우리에게 정말로 많은 위안이 되었단다."

제스는 창문을 향해 눈을 돌렸다. 누군가 거기에 꽃을 두고 갔다. 꽃은 마지막 햇살을 받아 빛나고 있었다. 제스는 할아버지와 할아버지가 했다는 말을 생각했다.

그렇다. 제스는 괜찮을 것이다. 지금은 괜찮지 않지만, 그리고 한동안은 괜찮지 않겠지만, 언젠가는 괜찮아질 것이다. 제스는 엄마와 아빠처럼, 특히 아빠가 그렇듯이 깊은 슬픔에 잠길 것이다. 그 슬픔이 일으키는 아픔은 아주 클 것이다.

하지만 제스는 그 슬픔을 원했다. 그것은 자연스럽고 당연했다. 이 괴팍하고 위대한 노인의 죽음이 자연스럽고 당연한 것처럼. 그리고 제스에게는 더 많은 내일이 놓여 있는 것처럼. 제스는 할아버지가 그랬듯이 앞으로 더 많은 내일을 살 것이고 더 성장할 것이다.

그리고 더 많이 헤엄쳐야 했다.

리버보이의 흔적을 쫓아서.

아빠는 다시 할아버지 옆에 앉아 할아버지의 얼굴을 바라보았다. 엄마는 제스와 눈을 맞추고 제스를 뒤로 살짝 끌어당기면서 속삭였다.

"할아버지는 마지막 순간에 네 아빠를 조용히 옆으로 부르셨어."

제스는 잠시 아빠를 바라보았다. 아빠는 여전히 생각에 잠긴 채 할아버지의 얼굴을 바라보고 있었다.

"할아버지가 돌아가시기 직전에 아빠에게 할 말이 있다며 귀를 가까이 대라고 하셨거든. 뭐라고 말씀하셨는지는 모르겠어. 아주 짧은 말이었다. 그런데 별안간 네 아빠가 울음을 터뜨리더구나. 고통스러운 울음은 아니었어. 할아버지께서 뭐라고 말씀하셨는지 듣지 못했지만 마지막 순간에 두 사람의 마음이 통했다는 건 확실해."

제스는 고개를 돌려 다시 창가의 꽃을 응시했다. 그리고 늘 바랐지만 한 번도 할아버지에게 말하지 못했던 소망을 생각했다. 할아버지가 "너를 위해 무엇을 해주면 좋겠니?"라고 물었을 때 속으로만 떠올렸던 그 부탁을 기억했다. 마지막까지 할아버지는 제스를 놀라게 했다.

제스는 복도에서 들려오는 발자국 소리와 목소리에 귀를 기울였다. 낮고 사려 깊은 소리들이었다. 다시금 세상과 삶에 대한 생각들이 서서히 몰려왔다. 할아버지의 죽음과 마주한 순간, 가까스로 떨쳐버렸던 혹은 그동안 잊고 있었던 피로감이 한꺼번에 몰려들었다.

경찰관은 제스에게서 마지막 진술을 받기 위해 기다리고 있을 것이다. 또 제스의 상태를 진찰할 의료진이 기다리고 있을 것이다. 그리고 엄마 아빠는 할아버지의 장례식을 의논할 것이다. 그리고…….

제스는 문 쪽을 향해 몸을 돌렸다. 사람들이 들어오기 시작했다. 의사 한 명과 간호사 두 명, 경찰관들, 또 한 명의 간호사. 모두들 엄숙하고 정중한 태도였다. 그들의 방해가 잠시 귀찮게 느껴졌지만 엄마는 그들에게 미소를 보내며 부드럽게 한쪽 팔을 제스에게 둘렀다. 모두가 조용히 서서 할아버지의 고요하고 평화로운 얼굴을 내려다보았다.

제스는 리버보이에 대해 어떤 말도 하지 않았다. 무슨 일이 있었던 거냐고 어른들이 물었을 때 제스는 그저 수영을 했다고, 그 순간 수영이 절실히 필요했다고 말했다. 덧붙여 걱정을 끼칠 생각은 없었다고 말했다.

리버보이는 제스만의 비밀이었다. 왠지 그 소년은 제스가 혼자 간직해야 할 비밀처럼 느껴졌다. 그리고 그 비밀은 그가 가버린 지금 제스에게 더욱더 소중해졌다.

엄마 아빠가 장례식 준비로 바쁜 며칠 동안, 제스는 강가를 배회하며 여전히 소년을 찾고 있었다.

물론 제스는 그 소년이 바다를 따라 영원히 자신의 곁을 떠났음을 알았다. 하지만 그것은 더 이상 중요하지 않았다. 다시는 그를 만나고 싶어 해서는 안 된다는 것도 알았다. 할아버지의 영혼은 이제 완전히 새로운 모험을 떠났고, 자신이 자꾸만 할아버지의 발목을 잡아서는 안 되는 것이었다. 그래, 할아버지는 제스에게 또 다른 리버보이를 남겨주시지 않았던가. 아빠가 그 그림을 제스에게 건네줬다. 할아버지가 제스에게 남기고 간 것이라며. 이제 제스는 원할 때마다 리버보이를 만날 수 있다.

브레머스 화장터에서 열린 장례식은 할아버지가 원했던 것처럼 단출하게 진행되었다. 엄마 아빠는 장례식을 도시에서 치를까도 생각했지만 그러지 않았다. 이곳은 할아버지의 고향이다. 할아버지가 마지막으로 머물고 싶어 한 곳이며, 할아버지가 인정한 과거의 유일한 부분이었다. 할아버지는 여기에 잠들어야 마땅했다.

알프레드 할아버지는 어색한 양복과 타이 차림으로 함께했고 그레이 부부도 참석했다. 그뿐이었다. 장례식은 짧았다. 이후 바다가 내려다보이는 정원을 산책했다. 아빠는 또 한 번 울음을 터뜨렸지만 제스는 더 이상 예전처럼 아빠를 걱정하지 않았다.

아빠 역시 슬퍼할 수 있을 만큼 슬퍼한 후에는 다시 마음을 추스를 것이다. 울어야 할 순간에 울음을 참으면 병이 난다. 그 시간을 충분히 누린다면 모든 것은 제자리를 찾아갈 것이다.

제스가 그럴 것처럼. 아빠에게는 언제나 강하고 결단력 있는 아내, 아빠를 진정으로 사랑하는 딸이 있다. 그리고 그들에게는 서로에 대한 추억이 있었다. 그것이 앞으로 살아갈 날들을 위한 힘이 될 것이다.

그날 오후 아빠는 혼자 차를 몰고 브레머스로 가서 조그만 철제 항아리에 담긴 할아버지의 유골을 가지고 별장으로 돌아왔다.

"돌아오는 길에 이걸 어떻게 해야 할지 생각해 봤어."

아빠가 항아리를 식탁 위에 올려놓으며 말했다. 제스는 그것을 보자 마음속에서 강한 충동이 일었다. 내면의 확신을 확인한 후 입을 열려 했으나 먼저 말을 꺼낸 것은 엄마였다.

"아버님은 어떻게 하시길 원했을까?"

아빠는 어깨를 으쓱했다.

"글쎄, 그런 생각을 하시기나 했는지 의문이야. 아버지는 과거에 무심하듯이 미래에 대해서도 무관심하셨지. 유언장을 작성할 때도 애를 먹었을 정도니."

"하지만 지금 아버님께 여쭈어본다면 어떻게 하라고 말씀하실까?"

"아마 통째로 던져버려, 그러셨겠지."

"그럴 수는 없잖아."

"당연하지. 집으로 가져가서 정원에 뿌리거나 항아리를 묻은 다음 나무를 심고⋯⋯."

"아빠."

드디어 제스가 입을 열었다. 엄마 아빠가 제스를 바라봤다.

"아빠, 내가 알 것 같아요. 할아버지가 어떻게 해주기를 원하는지."

침묵이 흘렀다. 이 침묵 속에서 할아버지가 자신의 얘기를 듣고 있는 듯한 느낌이 들었다.

아빠는 제스의 표정을 살피며 잠시 지켜보았다.

"네가 가져가고 싶니?"

"아니. 그게 아니라⋯⋯. 할아버지는 우리 모두의 할아버지니까 그럴 수는 없잖아."

"하지만 그걸 원하는 거지?"

아빠가 낮은 목소리로 물었다. 제스는 고개를 끄덕였다. 그러자 아빠가 미소를 지으며 말했다.

"가져가렴, 딸."

다음 날 아침, 제스는 수영복을 입고 가방 안에 항아리를 넣어서 어깨에 짊어졌다. 그리고 별장을 나와 비탈을 올랐다.

맑고 쾌청한 날이었다. 강물 소리는 더 크고 더 생생하고 더 유혹적으로 들렸다. 제스는 길에서 벗어나 물속에 발을 담갔다. 그리고 물살을 헤치며 앞으로 성큼성큼 걸었다. 맨발에 닿는 바위들의 감촉은 딱딱하고 울퉁불퉁했지만 걸을 때마다 철벅철벅 튀어 오르는 시원한 물을 느끼기 위해서라면 충분히 참아낼 만했다. 걸으면서 지금 보고 듣고 느끼는 모든 것을 음미하고 마음속에 새기려 노력했다.

다시는 이곳에 오지 않으리라는 것을 제스는 알고 있었다. 만약 다시 돌아온다면 마법은 사라져 버리고 말 것이다. 며칠 동안 제스를 휘감았다가 이제 제스의 삶에서 멀어지고 있는 그 마법을. 이곳을 처음 발견했을 때처럼 떠날 때도 신성하게 떠나보내는 편이 옳았다. 마법이 기억 속에서 계속 머물 수 있도록.

그러나 마법은 아직 끝나지 않았다.

아직 해야 할 일이 남았다. 제스는 그 일을 마쳐야 다시 집으로 돌아갈 수 있을 것 같았다. 다시 예전처럼 삶을 시작할 수 있을 것 같았다. 제스는 리버보이가 그랬던 것처럼 계속 물속을 걸었다. 그리고 폭포 앞에 도달할 때까지 걸음을 멈추지 않았다. 처음 리버보이를 마주쳤던 그곳에 도착할 때까지. 제스는 예전처럼 무한하고 장엄하고 용솟음치듯 거세게 떨어지고 있는 폭포를 올려다보았다. 그리고 주저 없이 바위를 오르기 시작했다.

이번에는 맨발인데도 오르기가 한결 수월했다. 제스는 거미처럼 너무도 손쉽게 암벽을 기어올랐다. 한결 가벼운 기분이었다. 몸이 마음에 불과한 것처럼, 구름처럼 덧없는 속삭임에 불과한 것처럼. 손은 잡을 곳을 미리 알고 있는 것처럼 앞을 향해 척척 뻗어 나갔다. 물론 그 전에는 전혀 눈여겨보지 않았던 곳들이었다.

폭포 정상에 도착했을 때, 제스는 가방에서 항아리를 꺼내 햇빛에 잠시 비춰 보았다. 그러다 빈 가방을 아래로 던져버린 후 다시 걸어 올라갔다. 강이 시작되는 곳이 나올 때까지 발걸음을 멈추지 않았다. 얼마 후 제스는 소년과 함께 강의 일생을 지켜봤던 바로 그곳에 도착했다. 예전처럼 그 작은 바위에 앉아 풍경을 바라보았다.

저 멀리에 변함없이, 그러나 늘 변하는 바다가 있었다.

제스는 몸을 구부려 질척한 땅에서 어떤 신비한 힘에 의해 솟아 나오는 물을 바라보았다. 그러고는 항아리 뚜껑을 열고 안에 담긴 재를 바라봤다. 생소하면서도 친근한 그것을.

제스는 다시 할아버지를 떠올렸다. 익숙한 얼굴을 기억의 저 끝에서 다시 끄집어냈다. 짓궂은 눈과 웃고 있는 입매. 고집불통이던 성격. 심술궂은 유머 감각.

그 모든 게 할아버지였다.

지금도 그러했다.

제스는 유골을 바라보며 고개를 흔들었다.

이 재는 할아버지가 아니었다. 그것은 부드럽고 나긋나긋해서 항아리를 기울이자 이리저리 모습을 바꾸며 흔들렸다.

할아버지와는 너무 달랐다.

진짜 할아버지는 여기에 없었다. 진짜 할아버지는 바람처럼 물처럼 하늘처럼 자유로웠다. 제스가 이 재를 움켜쥐어도 할아버지는 어떠한 고통도 느끼지 않을 것이다. 제스 역시 그렇게 하는 데 어떤 죄책감도 느끼지 않았다. 이것은 할아버지가 아니었다.

제스는 항아리를 기울여 발원지에서 솟는 물 위로 유골의 일부를 조금씩 흘려보냈다. 물 위로 떨어진 유골은 물살과 함께 이리저리 뭉치며 흩어지며 물길을 따라 흘러가기 시작했다. 일부는 물가의 말랑말랑한 땅에 달라붙었지만, 대부분은 조그만 씨앗처럼 더 큰 물줄기를 향해 떠내려갔다.

제스는 다시 소년이 강에 대해 했던 말을 떠올렸다. 강은 끝에 도달했을 때 비로소 새로운 모습으로 부활한다는 말. 그땐 그 말을 이해하지 못했지만 이제는 그 의미를 알 수 있었다.

다시 항아리를 기울여 더 많은 유골을 물에 흩뿌리고는 유골이 떠내려가는 모습을 지켜보았다. 할아버지의 삶의 흔적들. 그러나 그것들은 더 이상 할아버지의 일부가 아니었다. 이제 매달릴 것도 없었고, 할아버지를 붙잡아 둘 것도 없었다.

제스도 마찬가지였다.

또다시 삶은 계속될 것이다. 고통스러울 필요는 없었다. 단지 때가 되면 누그러질 건강한 슬픔만이 있을 뿐이었다. 제스는 항아리 속을 들여다보았다. 이제 반쯤 남았다. 제스는 일어나서 물속을 걸었다. 앞쪽으로 나아가면서 유골을 조금씩 흩뿌렸다. 그리고 그 흔적을 따라 폭포가 시작되는 곳까지 걸어갔다.

물길이 아래로 곤두박질치는 곳에 도착하자 예전에 리버보이가 그랬던 것처럼 그곳에 두 다리를 디디고 서서 몸을 똑바로 곧추세웠다. 다리를 스치며 아래로 곧장 추락하는 물살을 느끼면서 제스는 할아버지의 영혼이 이 마법의 공간을 떠돌지 않고 이제는 자기 안에, 엄마와 아빠 안에, 알프레드 할아버지 안에, 그리고 할아버지를 아는 모든 사람들 안에 머물러 있음을 깨달았다.

그러나 리버보이의 영혼은 오직 제스의 마음 안에 있었다.

제스는 팔을 들어 항아리를 크게 기울였다. 마지막 유골이 공기 속으로 흩어지고, 동시에 물거품 이는 강물 속으로 사라졌다. 그 모습을 보니 눈물이 났다. 제스는 항아리를 물속에 던져버렸다.

그리고 곧 자신도 폭포 아래로 뛰어들었다.

'안녕, 리버보이.'

얼굴을 간질이는 산들바람을 느끼면서, 물속을 따라 떠내려가면서 제스는 마지막으로 다시 한번 리버보이의 얼굴과 마주했다.

인생은 흐르는 강물처럼

유난히 무더운 여름, 더위를 잊게 해줄 만한 소설을 만난다
는 것은 분명 행운이다. 그리고 내게는 지난여름에 그런 행운
이 찾아왔다. 우연히 내 손에 맡겨진 자그마한 소설책 한 권.
"『해리 포터』를 제치고 카네기 메달을 수상했다"는 타이틀에
비해 책의 어조는 오히려 잔잔하고 수줍은 편이었다. 그러나
조용한 목소리가 때로는 가슴을 훑는 법이다. 이 책『리버보
이』는 그런 조용하고 섬세한 매력을 제대로 보여준다.

책을 읽는 동안 찰랑찰랑 흐르는 강물 소리가 귓가에 맴도
는 것 같았고, 반짝반짝 빛나는 나뭇잎과 잔물결, 은근하게 다
가오는 밤과 달빛의 풍경이 눈앞에 펼쳐지는 듯했다. 나는 머
리를 싸매고 번역해야 한다는 중압감 대신, 여름방학을 즐기

는 여학생의 마음으로 시냇가에 앉아서 혹은 뒷산을 산책하면서 여름 내내 이 책에 빠져 지냈다.

그렇게 책을 읽고 마지막 장을 덮는 순간 이 말을 하지 않을 수 없었다.

"아, 아름답다."

그러나 이 소설의 미덕은 아름다운 묘사만이 아니다. 가장 큰 매력은 청소년들의 심리와 감정을 자극적이지 않은 어조로 가슴 뭉클하게 그려낸다는 데 있다. 청소년기라는 독특한 시기를 판타지적 요소와 버무리는 게 이 작가의 특징인데, 이 소설 역시 그 기대감을 제대로 충족시켜 준다.

이 소설의 모티브는 강이다. 강은 조그만 샘에서 시작해 개울이 되고 시내가 되고 마침내 광활한 바다에 이른다는 점, 한 번도 스스로 흐름을 멈추지 않는다는 점, 그리고 고요하고도 사색적인 이미지 때문에 다른 영화나 시, 소설에서도 종종 인생에 비유되곤 한다. 하지만 『리버보이』처럼 강을 마치 하나의 생명체인 양 생동감 있고 구체적으로 묘사한 작품은 흔치 않으리라.

실제로 강의 이미지와 함께 움직이고 멈추었다가 다시 달리고 뛰고 성장하는 사람은 소녀 제스다. 열다섯이라는 나이. 아이도 아니고 어른도 아닌 애매모호한 시기. 그 불안정한 여름

날, 제스는 처음으로 사랑하는 사람을 잃을지도 모른다는 불안감에 휩싸인다. 지금껏 자신의 버팀목이었던 할아버지가 쓰러지고 돌아가시기까지의 그 며칠 동안 제스는 좌절, 슬픔, 포기, 분노 등 모든 종류의 감정을 경험한다. 그 고통의 시간이 끝난 후 마침내 제스는 깨닫는다. 사랑하는 사람이 곁에 없다고 해서 사랑의 추억까지도 희미해지는 건 아니라는 것을. 제스는 '울고 싶을 때 울음을 참는 대신 울고 싶은 만큼 우는 법'을 배우게 된다. 그런 후 또다시 탈탈 털고 일어나, 한 번도 쉬지 않는 강물처럼 넘어져도 일어나는 인생의 지혜를 배운다.

팀 보울러는 자칫 단조로워지기 쉬운 이 며칠간의 이야기를 한 권의 책으로 솜씨 좋게 풀어냈다. 판타지적 요소를 사용해 긴장감을 유지시켰고 무엇보다도 읽는 이의 공감을 훌륭하게 이끌어냈다.

삶과 죽음이라는 심각한 주제 역시 너무 무겁거나 가볍지 않게 풀어냈다. 사랑하는 사람이 곁에서 영원히 사라진다는 상상, 그것은 누구에게나 두려움과 슬픔을 불러일으킨다. 그러나 팀 보울러는 '인생은 흐르는 강물과 같다'고 말한다. 어느 누구에게나 말이다. 앞으로 수많은 이별을 경험하고 그때마다 주저앉아 울고 싶을지 모를 청소년들에게 그래도 인생은 쉼 없이 흘러간다고, 그 순간순간을 건강하게 견디면 또다시 반짝이는 태양을 볼 수 있다고 말한다.

이러한 메시지는 청소년뿐 아니라 실상 나와 같은 어른에게
도 필요한 게 아닐까 생각해 본다. 인생을 의연하게 바라보는
법은 마음이 덜 자란 어른들에게도 절실한 법이니까.

정해영

100쇄 기념에 부쳐

『리버보이』는 내게 무척 개인적인 책이다.

할아버지는 내가 열네 살 때 돌아가셨지만 나는 할아버지를 아주 생생하게 기억하고 있다. 할아버지는 조용하고 차분한 분이셨으며, 나는 할아버지를 아주 많이 사랑했다. 1967년 할아버지가 돌아가셨을 때, 나는 너무 큰 충격을 받아 장례식에 가지 않았다. 하지만 이를 두고두고 후회했다.

내가 『리버보이』를 쓴 여러 이유 중 한 가지는 할아버지께 제대로 작별을 고하기 위해서다. 소설 속 등장인물들의 경험을 통해 할아버지의 장례식에 가서 작별 인사를 하고, 내가 당신을 얼마나 사랑했고 지금도 여전히 얼마나 사랑하는지 말하고 싶었다.

『리버보이』를 쓴 또 다른 이유는 이야기를 들려주기 위해서다.

나는 소설 속에서 나 자신이나 할아버지가 직접적인 형태로 드러나기를 원하지 않았다. 그래서 주인공은 열네 살 소년이 아닌 열다섯 살 소녀가 되었고, 소녀의 할아버지는 조용하고 차분한 성격이 아닌 신경질적이고 성마른 사람이 되었다. 이 등장인물들이 이야기의 출발점이었으며, 앞으로 이들이 어떤 역할을 하게 될지 나도 몰랐다.

이후 뭐라고 설명할 수 없는 이유로 불현듯 이 단어가 머리에 떠올랐다. 리버보이. 나는 이것이 무엇을 의미하는지 몰랐다. 그런데 얼마 지나지 않아 그림 한 점을 얻게 되었다. 강 풍경을 그린 그림이었다. 그림에는 사람도 제목도 없었고 그저 신비로운 강만 존재했다. 벽에 걸어둔 이 그림을 한동안 응시했는데 그 순간 내 이야기 속의 할아버지가 '리버보이'라는 그림을 그리는 화가가 될 것이고 그의 손녀는 수영선수가 될 것임을 깨달았다.

그렇게 소설이 시작되었다. 나는 사실 계획이 없었다. 순전히 본능에 따랐고, 그 자체가 마치 강물처럼 나를 인도했다. 때로는 주제와 결말을 작가 자신도 모르다가 마지막에 가서야 분명해지는 경우가 있는데 『리버보이』가 딱 그런 경우였다.

나는 이 이야기가 사랑과 상실과 용기에 관한 이야기, 가족의 유대와 우정에 관한 이야기, 자신을 온전히 표현하려는 개인의 치열한 몸부림에 관한 이야기가 될 것임을 몰랐다. 또한 강이 정신적인 은유가 되고 이야기가 주인공 제스뿐만 아니라 작가인 나까지도 여행길에 데려가리라는 것도 몰랐다. 그러나 나는 그 여정을 한 것이 기쁘다. 마침내 할아버지께 작별 인사를 하게 되어 기쁘다.

그리고 다산북스가 『리버보이』 한국어판 100쇄 기념판을 출간하게 되었으니, 나의 개인적이고도 단순한 이야기가, 내가 대단히 사랑하고 존경하는 나라인 한국에서 많은 사람들의 가슴을 울렸다는 사실이 기쁘다.

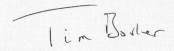

팀 보울러

옮긴이 정해영

성균관대학교 불어불문학과와 이화여자대학교 통역대학원을 졸업했다. 동아일보 인터넷판 기사를 영문으로 번역하는 일과 로알드 달 단편선 번역 프로젝트에 참여했으며, 현재 전문번역가로 활동 중이다. 옮긴 책으로 『빌리 엘리어트』 『곰과 함께』 『세기의 소설, 레 미제라블』 등이 있다.

리버보이

초판 1쇄 발행 2007년 10월 20일
개정 1판 1쇄 발행 2014년 12월 1일
개정 2판 1쇄 발행 2019년 12월 2일
개정 3판 4쇄 발행 2024년 10월 18일

지은이 팀 보울러
펴낸이 김선식
옮긴이 정해영

부사장 김은영
콘텐츠사업본부장 임보윤
책임편집 이슬 **책임마케터** 이고은
콘텐츠사업10팀장 김정택 **콘텐츠사업10팀** 이슬, 이나영, 김유리
마케팅본부장 권장규 **마케팅2팀** 이고은, 배한진, 양지환 **채널2팀** 권오권, 지석배
미디어홍보본부장 정명찬 **브랜드관리팀** 오수미, 김은지, 이소영, 박장미, 박주현, 서가을
뉴미디어팀 김민정, 이지은, 홍수경, 변승주
지식교양팀 이수인, 염아라, 석찬미, 김혜원
편집관리팀 조세현, 김호주, 백설희 **저작권팀** 이슬, 윤제희
재무관리팀 하미선, 임혜정, 이슬기, 김주영, 오지수
인사총무팀 강미숙, 김혜진, 황종원
제작관리팀 이소현, 김소영, 김진경, 최완규, 이지우, 박예찬
물류관리팀 김형기, 김선민, 주정훈, 김선진, 한유현, 전태연, 양문현, 이민운
외부스태프 디자인 데일리루틴 일러스트 NUA

펴낸곳 다산북스 **출판등록** 2005년 12월 23일 제313-2005-00277호
주소 경기도 파주시 회동길 490
전화 02-704-1724 **팩스** 02-703-2219 **이메일** dasanbooks@dasanbooks.com
홈페이지 www.dasan.group **블로그** blog.naver.com/dasan_books
종이 스마일몬스터 **인쇄** 민언프린텍 **후가공** 제이오엘앤피 **제본** 다온바인텍

ISBN 979-11-306-7102-4 (43840)

다산북스(DASANBOOKS)는 독자 여러분의 책에 관한 아이디어와 원고 투고를 기쁜 마음으로 기다리고 있습니다.
책 출간을 원하는 아이디어가 있으신 분은 다산북스 홈페이지 '투고 원고'란으로 간단한 개요와 취지, 연락처 등을
보내주세요. 머뭇거리지 말고 문을 두드리세요.